Der Phönix

Dr. med. Günter Löw,
1940 in Zwittau bei Brünn
geboren

Arzt für Psychiatrie und
Neurologie

Praktischer Arzt und Arzt
für Naturheilverfahren

Günter Löw

Der Phönix

Bibliografische Information der Deutschen Bibliothek:
Die Deutsche Bibliothek verzeichnet diese Publikation in der Deutschen
Nationalbibliografie; detaillierte Informationen sind im Internet über
<http://dnb.ddb.de> abrufbar.

© 2006 Günter Löw
Herstellung und Verlag: Books on Demand GmbH, Norderstedt
ISBN 3-8334-4168-2

Inhalt

1. Kapitel

Das Geheimnis des Genlabors

Der warme Abendwind streichelt sanft die schwarzbraunen Locken. Sein Blick schweift in die Ferne. Der Duft von weißem Flieder erfüllt die Luft. Es ist Frühling, die Jahreszeit, die er so liebt.

Vor ihm erstreckt sich das wunderbare Tal in unberührter Natur. Friedlich wirkt alles in der Abenddämmerung. Das Abendrot malt die Hügel purpur, und hier und da ertönt der Gesang des Paradiesvogels. In seinen Gedanken taucht das Bild seiner Verlobten auf. Es ist der Abend des Abschieds – ungewiß die Zukunft. Am Himmel zeichnet sich Terra Nova in goldenen Strahlen ab. Dorthin soll ihn morgen die Reise führen. Gedankenversunken lehnt er sich an den Fliederbaum und lauscht dem Rauschen der Blätter.

Er liebt all die Bäume, die hier den See säumen. Sein Blick schweift über das Wasser. Silberne Wellen wiegen sich sanft im Wind. Wie oft hat er hier als Kind mit seinen Freunden abenteuerliche Spiele erlebt. Er denkt auch zurück an seine erste Romanze im Mondschein, beim Spaziergang in der Dämmerung, wenn der Planet Terra Nova sein rotes Licht herübersandte und die Natur in einen warmen Mantel hüllte.

Weiter schweift sein Blick bis hinüber zur Ranch. Weiß strahlt sie in der Dämmerung. All das würde er morgen verlassen, um seiner Vision zu folgen. Wehmut erfaßt sein Herz. Er denkt an Susan, seine Verlobte, die ein Kind von ihm unter dem Herzen trägt. Gestritten hatten sie, als sie von seinem Entschluß erfuhr, eine Welt zu suchen, in der man in Frieden leben kann. Der Trennungsschmerz war zu groß, als daß man besonnen hätte reagieren können. Der Gedanke, sie und ihr in Liebe gezeugtes Kind möglicherweise nie mehr wiederzusehen, schnürt ihm die Kehle zu, läßt ihn schwanken und seine Entscheidung in Frage stellen. Hat er das Recht, sie zu verlassen? Hat er nicht auch die Pflicht, zu gehen und seiner Vision zu folgen? Für die beiden, die ihm am nächsten standen, für die er lebte, und für alle anderen Menschen eine bessere Zukunft zu suchen mit Bedingungen, die es jedem ermöglichen würden, das Gutsein zu leben. Denn die Menschen sind doch gut, oder? Nur die Lebensbedingungen sind so schlecht, daß es unmöglich ist, in Frieden zu leben. Es gibt Armut, Verzweiflung, Neid und Haß, es gibt Krankheit, Arbeitslosigkeit, Kriminalität in allen Erscheinungsformen. Hier gibt es schon lange keinen Frieden mehr.

Nein, er kann nicht mehr zurück, er muß seiner Vision folgen, er darf nicht länger warten! Er fühlt in sich ein unstillbares Verlangen, diese Welt zu finden, die alle friedfertigen Bedingungen für ein friedfertiges Leben hat, für seinen Sohn, für seine Frau, für alle Menschen.

Heute, am Vorabend seines Abfluges, muß er Abschied nehmen ohne Wehmut, ohne Tränen, ohne Zweifel. Optimismus ist die Stärke, der Motor seines Handelns, das weiß er.

Schnell zerstreut er seine Zweifel. Die Kraft der Sehnsucht nach einer besseren Welt, nach besseren Lebensbedingungen ist stärker geworden als alle Bindungen an sein bisheriges Leben. Er lehnt mit der Schulter an dem breiten, seit Jahren vertrauten Baumstamm. Sein Blick wird gefesselt von dem funkelnden Glanz der Sonne. Sanft streicheln die goldenen Strahlen das Samtblau der Meeresbucht. Tänzelnd hüpfen Glanzpunkte von einer zur anderen Wellenspitze. Sein Blick schweift zur Terra Nova, hin zum Kugelplaneten, scheinbar zum Greifen nah. Im Feuerschein der untergehenden Sonne erscheint er ihm wie ein kostbarer Diamant. Das Farbenspiel versetzt ihn in einen hypnotischen Zustand. Er halluziniert, Bilder tauchen plötzlich über dem Wasser auf. Bunte Bilder. Er sieht wunderschöne Landschaften, saftige Wiesen, bunte Blumen, gesunde Wälder und Felder, Natur in vollkommener Harmonie, kein Anzeichen vom Eingriff des Menschen. Hier und da taucht ein Tier im Dickicht auf. Menschen mit freundlichen und zufriedenen Gesichtern, Völker, die in Eintracht leben, keine Kriege, Harmonie auf allen Ebenen, in der Ehe, in der Familie, bei den Völkern aller Rassen, aller Nationen. Terra Nova – eine Welt, wo man in Frieden leben kann. Dort will er ihn finden. Dort soll er ihn suchen, auf diesem fernen kristallinen, funkelnden blauen Planeten, der im Schein der untergehenden Sonne wie von warmen Rottönen durchzogen wirkt. Er hört aus unendlicher Weite seinen Namen rufen. Schwach vernimmt er den Klang und wird aus der Ferne seines Traumes auf die Erde zurückgerufen. Ein wenig Angst vor der Ungewißheit, vor dem Unbekannten legt sich wie ein Schleier um ihn. Wie soll er dieser schwierigen Aufgabe gerecht werden?

Experten hatten ihn auserwählt aus einer Vielzahl von Wesen mit besonderen Fähigkeiten, dazu bestimmt, diese Aufgabe im Dienst aller Menschen erfolgreich zu erfüllen.

All die sehnsuchtsvollen Erwartungen der verzweifelten Menschen dieser Welt, die in Angst und Schrecken in Kriegsgebieten um ihr Leben fürchten, all jene, die vor der Verwahrlosung und Verrohung der Jugend resigniert haben, all jene, die der Ausbeutung Machtgieriger ausgeliefert sind, all jene, die nicht wissen, ob und wie sie den nächsten Tag überleben sollen, ersehnen Rettung durch ihn.

Experten gentechnologischer Forschung hatten überaus positive Prognosen formuliert und seine vielfältigen Möglichkeiten gepriesen. Er, der Wundermensch, hochgezüchtet in einem Reagenzglas, Ergebnis von wissenschaftlich fundierten

Experimenten und Erkenntnissen, er mit seinen besonderen Fähigkeiten soll nun der Retter aller Verzweifelten sein.

Vor zehn Jahren hatte alles begonnen, im Jahre 2099, am 20. Mai. »Hurra«, schrie Professor Prinz, die graue Eminenz der Gentechnologie. »Unsere jahrzehntelangen Bemühungen haben endlich den ersehnten Erfolg gebracht. Ein Meilenstein in der Reproduktionsmedizin: Der Fötus lebt. Soeben hatte ich seinen Apgar-Index gemessen, er könnte nicht besser sein. Ich habe immer gewußt, daß es mir gelingen würde, von männlichen Samenspendern der intellektuellen Elite das Genialitätsmerkmal aus den Chromosomen zu extrahieren und einer menschlichen Eizelle einzupflanzen.« Alle bisherigen Versuche waren in der kritischen Embryonalphase gescheitert, weiter hatten es die Leihmütter nicht gebracht. Trotz aller therapeutischen Bemühungen erlosch jedesmal das keimende Leben. Seine Konkurrenten auf der Erfolgsleiter der Forschung registrierten seinen Mißerfolg mit Genugtuung, man neidete dem ungeselligen Außenseiter die ungebührlich hohen staatlichen Subventionen, die man lieber für eigene, erfolgversprechendere Zwecke verwandt hätte.

Die Pechsträhne des Professors war erst zu Ende, als er Prinzessin Zora fand, die letzte einer alten Zigeunerdynastie, mit dem Geheimwissen ihrer Rasse und jahrtausendealter emotionaler Erbsubstanz. Mit Zora gelang ihm der wissenschaftliche Durchbruch. »Der Fötus lebt!« schrie er nochmals und griff, vor freudiger Erregung zitternd, zum Telefon, um, wie versprochen, dem Präsidenten der USA höchstpersönlich Erfolgsmeldung zu machen. Der Präsident war hocherfreut und versprach dem Professor höchste wissenschaftliche Ehrung für die Rettung der Welt, so daß diesem vor übermächtigem Glück schwindelig wurde und er sich setzen mußte. Bald hatte er sich wieder gefaßt und feierte den verdienten Erfolg mit seinen Mitarbeitern bis zum frühen Morgen.

Diese Szene spielte sich ab im Zentrum für Gentechnologie und Biomedizin der Wüste Nevadas. Dem ersten Erfolg sollten sich noch weitere anschließen. Die so gezeugten Kinder lebten in der kleinen Stadt, die den Labors angegliedert war, ein Städtchen, wie man es überall hätte finden können, wäre da nicht die rigorose militärische Abschirmung von der Außenwelt gewesen. Auch bestand die Einwohnerschaft nur aus Geheimnisträgern höchster Stufe, Medizinern, Biologen, Lehrpersonen. Das für die Grundversorgung der elementaren Bedürfnisse erforderliche Personal unterlag ebenfalls der Geheimhaltungspflicht. Alles war einzig und allein auf die gezüchteten »Neumenschen« ausgerichtet.

Diese hatten eine maximal beschleunigte Ausreifung ihrer Hirnzellen erfahren, um ein Vielfaches beschleunigt, liefen dementsprechend ihre Lernprozesse. Der Unterricht durch die Koryphäen des Landes erfolgte allumfassend in sämtlichen Wissenschaften, Schwerpunkt war und blieb aber die Raumfahrt.

John Psi, der Erstgeborene, hatte in seinem genetischen Code den Faktor MP implantiert bekommen, das heißt Mutations- und paramediale Fähigkeiten. Die Anpassung an erschwerte Lebensbedingungen wurde durch physikalische Hitze-Kälte-reize und anderes mehr planmäßig geschult, seine Toleranzgrenze sukzessive erhöht. Bis zu ihrem zehnten Lebensjahr lebten sie hermetisch abgeriegelt von der Außenwelt, Kontakte mit den jeweiligen Leihmüttern waren nur sporadisch erlaubt. John Psi hatte durch seine Mutter Zora den Vorteil, daß er mit dem alten Wissen der Zigeuner vertraut gemacht wurde, schon früh lernte er von ihr die Grundlagen von Telepathie und Psychokinese. So wußte er im voraus, wann und wohin ein Vogel wegflog oder ein Tier zum Angriff und tödlichen Biß ansetzte. Kleinere Steine konnte er einzig mit mentaler

Kraft vom Erdboden aus in der Luft schweben lassen. Seine Kenntnisse entwickelten sich rasant, mit zehn Jahren hatte er schon den Doktortitel in Astronomie und Physik. Doch Zora verdankte er noch mehr, sie war warmherzig und erdverbunden, sorgte so für emotionalen Ausgleich, wenn er in höheren geistigen Regionen schwebte.

Mit den anderen fünf Mitschülern verband ihn wenig, sie waren ebenfalls genial, überdies von messianischem Sendungsbewußtsein erfüllt, was zu ihrer affektiv-emotionalen Starre in lebhaftem Kontrast stand. Ihr Geist war einseitig-starr ausgerichtet auf Wissenserwerb, ihre Gefühlslandschaft aber glich der Wüste Nevadas, in der sie lebten, verdorrt-ausgetrocknet, ohne Leben, nur geeignet für gefühllose intellektuelle Roboter.

Nur bei zwei Mitschülern entdeckte er so etwas wie eine gefühlsmäßige Resonanz, Frank Kabra und Andy Flimm, die kurz nach ihm das Licht der Welt erblickt hatten. Deshalb wählte er sie auch zu seinen Copiloten für die geplante Expedition ins All.

Franks Mutter stammte von den Aborigines Australiens ab, er selbst hatte in seinem genetischen Code zwar auch einen überdurchschnittlichen IQ einprogrammiert bekommen, aber gleichzeitig eine DNS-Sequenz für verstärkte Kampfbereitschaft. Er war ein Bilderbuchathlet, hatte schon viele sportliche Trophäen errungen, am liebsten war ihm der militärisch-kämpferische Bereich. Er war geradezu versessen auf aggressive Kampfsportarten, neigte zu unkontrollierten Wutausbrüchen und schlug allzu gerne drauflos. Schon mehrfach mußte John ihn in letzter Sekunde davon abhalten, seinen Sportkontrahenten in blinder Wut zu töten.

Auch bei den Lehrern zeigte er sich gerne reizbar-querulatorisch, doch John verstand es immer, die Wogen zu glätten und einen Schulverweis zu umgehen.

12

Bei Frank wie auch bei Andy zeigten sich schon früh die negativen Begleiterscheinungen ihrer genetischen Determinierung.

Flimm war der Sohn einer Nobelpreisträgerin für Astrophysik. Seine starre intellektuelle Dominanz zeigte sich deutlich, er dachte nur an wissenschaftlichen Erfolg, hatte es mit zehn Jahren schon zum zweifachen Doktortitel gebracht. Trotz allem brachen immer wieder gewisse Urtriebe aus dem phantastisch-spielerischen Bereich hervor, er pflegte dann ins Kasino zu gehen und Unsummen zu verspielen. Die Leiter des Forschungszentrums waren stets bereit, die geschuldeten Beträge diskret zu begleichen, drohten ihm allerdings mit Entlassung. Flimm war und blieb äußerst labil, emotional ausgehungert, hatte eine Schwäche für hübsche Frauen, gab dann im Bett, nachdem er gezielt ausgehorcht worden war, top secrets preis. Natürlich hatten gewisse Kreise Flimms Amouren inszeniert. Bald wußten sie, welches Geheimnis in den Genlabors gehütet wurde. Für das Jahr 2100 hatten die Experten den Weltuntergang vorausgesagt, das ökologische Gleichgewicht existierte schon lange nicht mehr, die Energievorräte der Erde waren erschöpft, die Katastrophe unausweichlich. Psi und die anderen »Neumenschen« waren nur für die Raumfahrtmission gezüchtet worden. Sie sollten Terra Nova erreichen und von dort aus den Energiestoff FX zur Erde zurückbringen. FX könnte selbst in kleinsten Dosen die leeren Energiespeicher der Erde füllen, wäre in entsprechender Legierung aber auch als Kampfstoff einsetzbar.

Bis zu ihrem zehnten Lebensjahr lebten die künftigen Raumfahrer in der vorgeschriebenen Abgeschiedenheit, teils, weil negative Störfaktoren der Außenwelt den Lernprozeß verhindern könnten, teils, weil die Mission geheim bleiben sollte.

Da zu diesem Zeitpunkt der Abflug immer näher rückte und mit ihm die Enthüllung der Topsecret-Mission, wurden die

Tore geöffnet, und die Astronauten durften erstmals in Begleitung von Bodyguards die Außenwelt kennenlernen.

Sie sahen eine 2-Klassen-Gesellschaft: die Stadtteile der Reichen militärisch abgeriegelt, davor der Mob New Yorks in Armut und Elend, Obdachlose zogen bettelnd oder plündernd durch die Stadt, durchkämmten die Müllhalden nach Brauchbarem, vereinzelt hörte man Schüsse, dann Schreie. Mit diesem Eindruck soll es genug sein, meinte der Professor. Weite Ausflüge bringen euch nur in Gefahr.

Doch die drei Freunde hatten nicht nur einen gewaltigen Entwicklungsvorsprung auf intellektuellem Gebiet, auch ihr Körper hatte Schritt gehalten, er war voll ausgereift im Vergleich zu ihren normalen Altersgenossen. Sie waren in einem Alter, in dem der Kontakt zum anderen Geschlecht noch keine konkreten Formen angenommen hatte, doch vor der Reise ins Ungewisse wollten sie auch diese Erfahrung machen. So schlichen sie sich immer wieder heimlich hinaus, reisten nach New York, der verbotenen Stadt, und zogen durch die Kneipen. So kamen Flimm zu seinen ersten Erfahrungen und die Mafia zu ihren Informationen.

2. Kapitel

Hoffnungsträger der Nation

Zur gleichen Zeit auf dem Festplatz der West-Point-Akademie. Die First Lady sitzt auf der Ehrentribüne. Eine freudige Erregung geht durch ihren Körper: »Endlich habe ich es geschafft. Nur noch wenige Minuten und mein Sohn wird als Leutnant vor mir defilieren. Mein Gott, wie viele Jahre habe ich darauf gewartet!« Sie läßt ihre Gedanken Revue passieren:

Vor fünfzehn Jahren hatte ich das noch nicht gedacht, als George damals als Fünfjähriger auf der Ranch meines Vaters auf einen Mustang gesetzt wurde, damit er nicht nur ein harter Cowboy werden sollte, sondern seine männlichen Eigenschaften in Gang gesetzt würden. Fing doch der Knabe an zu weinen, weil sein Popo ihm wehtat! Freilich konnte er damals nicht ahnen, daß ich eine militärische Ausbildung geplant hatte.

Aufgrund meiner Geschichtskenntnisse und persönlichen Erfahrungen war ich zu der Erkenntnis gekommen, daß nur starke Persönlichkeiten, starke Kräfte ein Land regieren können und nicht die Demokratie. Nun ja, ich habe getan, was ich konnte, um seine angeborene Schwächlichkeit auszumerzen. Schließlich habe ich ihn ja auch ein Jahr später auf die West-Point-Akademie geschickt, damit er das Nötige für die spätere Regentschaft erlerne. Obwohl Oberst Vargas George in seiner unmittelbaren Aufsicht hatte und auch sein Bestes gab, war die Zeit in West-Point mit großen Schwierigkeiten verbunden. Seinem Wesen nach war George doch eher ein Künstler als ein energischer Militär. Die größte Schwierigkeit war bis jetzt der Collegeabschluß, obwohl durchaus qualifizierte Nachhilfelehrer ebenfalls ihr Bestes getan haben.

Schließlich war mir nichts anderes übriggeblieben, als meinen Einfluß als First Lady geltend zu machen und Prüfer durch entsprechende Subventionen milde zu stimmen. Oberst Vargas hatte zwar in den letzten Jahren die größtmögliche Strenge walten lassen und George wie in einer Isolierstation praktisch von der Umwelt und ihren Gefahren ferngehalten, jedoch mußte ich mich schließlich dem Ultimatum von George beugen und ihm gestatten, ein Jahr nach dem Militär in Paris zu verbringen. Bevor er seine Regentschaft antrete, wolle er noch die schönen Künste, Theaterwissenschaft und das schöne Leben kennenlernen. Hätte ich dem nicht nachgegeben, wäre seine prädestinierte Lebenslinie und Zukunft als Thronfolger gesichert gewesen. Ich hätte es ja wissen müssen, daß seine Labilität, weniger den schönen Künsten als vielmehr den schönen Frauen gegenüber, ihn in einen Strudel bis auf die Niederungen des Lebens hinabziehen würde.

So war es denn auch. In Paris studierte George tagsüber zunächst einmal Theaterwissenschaften, setzte sich ans Ufer der Seine, malte abends die Passanten, gestaltete dabei exzellente Bilder, war Schauspieler mit Erfolg. Dabei ergab es sich nun mühelos, daß er im Künstlermilieu den schönen Dingen des Lebens, speziell den Frauen, gerne nachgab, getreu dem Prinzip: »Der Mensch lebt nicht nur vom Brot allein!« In dieser Zeit lebte er nur die angenehmen und schönen Seiten des Lebens, brach aus der von der First Lady vorprogrammierten Konvention eines zukünftigen Regenten aus, wobei seine Abenteuerlust immer stärker wurde. So riskierte er hier und da ein Spiel im Kasino, bei dem er erhebliche Verluste erlitt. Jedesmal, wenn man seine Spielschulden einforderte, blieb ihm nichts anderes übrig, als die First Lady anzurufen, die ihn dann zwar immer aufs heftigste beschimpfte, ihm aber andererseits nichts abschlagen konnte und umgehend einen Scheck schickte, also seine Schulden beglich. Das Jahr in Paris neigte sich dem Ende zu. Gott sei Dank war dann das Problem beseitigt. Jeannet, seine letzte Freundin, war schwanger geworden. Ein großzügiger Scheck kam mit der Post. Vor seiner Abreise nach New York regelte die First Lady das übrige.

Sämtliche Damen, die entgegen der Staatsräson ein allzu großes Interesse am Thronfolger zeigten, wurden abgefunden; besonders renitente junge Damen wurden von der CIA eingeschüchtert, und wenn alles nichts half, dann mit Hilfe von windigen Advokaten in entsprechende Verwahrung gebracht. Ihre kriminellen Verfahrensweisen rechtfertigte die First Lady damit, daß es um Staatsinteressen gehe. Um ihrem Sohn den Weg zur Spitze des Staates zu ebnen, schreckte sie vor nichts zurück. So ähnlich hatte sie es ja auch mit ihrem Ehemann praktiziert, der schon äußerlich eine gegensätzliche Statur und Lebenseinstellung dokumentierte. Frank war im Grunde, seiner Ausbildung und seinem Herzen gemäß, eher ein Philosoph als ein Staatsmann. Vom Körperlichen her ein Bonvivant, den Genüssen des Lebens zugetan, kein hagerer Asket, der den strengen Richtlinien der Disziplin an Geist und Körper folgen würde. Wie viele Jahre hatte sie darauf verwandt, um auch ihn an die Spitze zu bringen! Sie hatte ihn als Juristen kennengelernt, war damals die Baronesse von Ameln und entstammte einem aus Deutschland emigrierten Adelsgeschlecht. Den Moment des Kennenlernens hielt sie heute noch für den einschneidendsten Augenblick in ihrem Leben. Bis zu diesem Zeitpunkt hatte sie nur gefestigte Persönlichkeiten in ihrem Adelsmilieu kennengelernt, an denen es nichts mehr zu verändern gab.

Frank jedoch gab ihr Anlaß, höhere Ziele zu stecken, aus diesem Nichts, diesem zwar freundlichen, aber naiven Menschen einen Jemand zu machen. Frank war einer, der über die nötigen intellektuellen Fähigkeiten verfügte, den sie formen und zu Höherem führen konnte. So geschah es dann auch. Schnell war er ihren verführerischen Reizen erlegen, die Hochzeit fand im großen Rahmen statt. Franks Illusionen, den sicheren Hafen der Ehe erreicht zu haben, wurden schnell zerstört. Nach einer stürmischen Liebesnacht, einem der Momente, in denen Frank besonders empfänglich und beeinflußbar war, eröffnete sie ihm: »Mit deinen Talenten und meinem Geld könntest du dieses Land regieren. Selbst wenn du ein Volltrottel wärest, mit meinen Beziehungen könnte ich das arrangieren. Die nächste Gouverneurswahl ist in vierzehn Tagen. Zweihundert Millionen dürften ausreichen, eine gute Werbekampagne zu starten.«

Vierzehn Tage später hieß der Gouverneur in Arkansas Frank Callvin. Der Aufschwung war nicht mehr aufzuhalten.

Diese Worte hatten ihn wohl schwer getroffen, ihm aber andererseits auch die Augen geöffnet. Gefühlsmäßig hielt sie ihn zwar für einen Volltrottel, dennoch wußte sie, daß seine juristische Ausbildung die einzig richtige Grundlage für eine Präsidentschaftskandidatur bildete. Er wiederum dachte sich: Sie garantiert die finanzielle Grundlage, weiß mit Partygästen umzugehen, hat das Ambiente, ich meinerseits werde meine eigenen Ziele verfolgen, das heißt soziale Verbesserung schaffen und das Land nach Gesetz und Ordnung regieren. Der Zweck heiligt die Mittel. Bin ich erst einmal Präsident dank ihrer finanziellen Unterstützung, habe ich alleine die Möglichkeit, Veränderungen vorzunehmen.

Lady Callvin war indessen nicht untätig. Nach der erfolgreichen Wahl gab sie wöchentlich einmal Parties für die Prominenten des Landes, brillierte einerseits mit ihrem Charme als Gastgeberin, mußte andererseits sich zwischendurch in ihre Gemächer zurückziehen, um dort ihre Geheiminformationen zu empfangen über mögliche Mitbewerber für das Präsidentschaftsamt. Der Gouverneursposten ihres Mannes hatte es ihr überdies ermöglicht, ihre eigene Bank mit Hilfe von Bestechungsgeldern und Insiderinformationen zur viertgrößten Bank der USA zu machen.

Nach drei Jahren schaffte Lady Callvin es endlich: Frank wurde Präsident.

Die erste Sprosse der Erfolgsleiter war somit erklommen, aber das bedeutete auch das Ende ihrer Ehe. Der Präsident war ein gewissenhafter Mann, der seine Arbeit sehr ernst nahm und daher die meiste Zeit in seinem Arbeitszimmer verbrachte, so nahm es nicht wunder, daß die First Lady im Laufe der Zeit Versuchungen ausgesetzt war, verführerischen Situationen, denen sie anfangs widerstand, bis sie schließlich Oberst Vargas kennenlernte. Anders als der Präsident war er ein Mann, der bei Entscheidungen nicht stundenlang grübelte, sondern sofort entschlußfähig war, zudem äußerst selbstsicher und nicht ohne Charme. Zweifelsohne war dies ein Kontrastprogramm zu ihrem eigenen Ehemann. So nahm die Liaison ihren Gang. Da somit zwei Führungspersönlichkeiten sich gefunden hatten, faßten sie schnell einen gemeinsamen Beschluß: »Mein Sohn als künftiger Regent und deine anpassungsfähige, idealistisch motivierte und sozial eingestellte Tochter dürften ein ideales Regentenpaar abgeben. Du warst ja nicht nur in militärischer Hinsicht der Führer in der Kaserne, sondern auch zu Hause. Ehefrau und Tochter sind diesem Regime gefolgt. Die Unterordnung bzw. ihre sozial akzeptierte Form, das Engagement deiner Tochter für Krankenhäuser, haben das ja nun genügend gezeigt.«

Sie selbst sah ihren Sohn als ungeschliffenen Rohdiamanten, der bei nötiger Fürsorge das Beste hervorbringen könnte, genau wie Frank. Vargas war von dieser Idee fasziniert, machtgierig, wie er war. Der Lebenslauf ihrer Kinder war von jetzt an in ihren Köpfen vorprogrammiert. Auch war die First Lady nicht untätig. Über jeden eventuellen Gegner ihres Mannes hatte sie Geheimdossiers anfertigen lassen, konnte die Senatoren damit auch unter Druck setzen, so daß es für ihren Sohn auf dem Weg zur Macht keine Hindernisse mehr gab. An Geld sollte es auch nicht mehr mangeln. Sie hatte aufgrund von Insiderinformationen ihre Hausbank inzwischen bis zur größten Landesbank hinaufkatapultiert. Plutokratie und starke Hände werden dieses Land regieren und später die ganze Welt! dachte sie. Nur ein Hindernis gab es noch auf diesem Weg: ihr eigener Sohn. Dieser gefiel sich in der Rolle des Playboys. Ihre ständigen Vorhaltungen, sich auf das Studium der politischen Wissenschaften zu konzentrieren, schlugen fehl. Oberst Vargas als Leiter der Militärakademie hatte ebenfalls größte Mühe, den späteren Präsidenten, den er als unbändiges Fohlen, im Gegensatz zu einem dressierten Militärpferd, bezeichnete, im Zaume zu halten.

Seine dummen Jugendstreiche mußten stets mit Hilfe des Obristen bagatellisiert werden.

In den Ferien während der Militärausbildung zeigte sich freilich der wahre Charakter des zukünftigen Präsidenten. Er ließ keine Stunde ungenutzt, um das Studium der Theaterwissenschaften voranzutreiben. Die brotlosen Künste des Gesanges und der Violinsoli hatten es ihm angetan. Mit äußerstem Unbehagen mußte es Oberst Vargas zur Kenntnis nehmen, daß der »Regent« im Kreise seiner Kameraden des öfteren ein Ständchen zum besten gab.

Die Situation verschlimmerte sich nach Abschluß der Militärakademie, als George sein Domizil in Paris aufschlug.

Im Bohemienviertel konnte er ungehindert seinen künstlerischen Ambitionen folgen.

Dort begegnete er auch zum erstenmal der »Frau seines Lebens«, wie er dachte. Sie war fasziniert von seiner ungezwungen Art, französische Chansons zu singen. Schnell verliebten sie sich auch.

Der wesentliche Unterschied zu seinen früheren zahllosen Affären war, daß die Parties, auf denen er Ladies der High-

Society kennenlernte, von seiner Mutter inszeniert waren. Die Girls ihrerseits waren von ihren Eltern instruiert, um welch zukunftsträchtige Persönlichkeit es sich handelte. Sie sahen ihr »Ziel« und wurden dementsprechend zu Bette geführt.

Doch schon bald merkte der Präsident in spe, daß er die überaus reichliche Zuneigung der Schönheiten des Landes im wesentlichen dem Glanz seines Vaters, des Präsidenten, und seiner Mutter, der Bankpotentatin, der reichsten Frau des Landes, verdankte. Minou hingegen stand fest auf seiner Seite, als er eröffnete, daß er nicht beabsichtige, den vorgeschriebenen Lebensweg zu beschreiten. Er wolle ein einfaches Leben führen und seinen Lebensunterhalt selbst verdienen.

Minou jubelte: »Genau das schwebt mir auch vor! Als Frau eines Präsidenten wüßte ich gar nicht, wie ich einfache Person mich jeden Tag verstellen sollte, um es jedem recht zu machen.« Seine bisherigen Bettgenossinnen waren bei der Eröffnung seiner geheimen Wünsche jedesmal zu Tode erschrocken und hatten ihm deutlich zu verstehen gegeben, daß ohne die anvisierte Zukunftsperspektive, sprich Präsidentschaft, eine dauerhafte Bindung nicht möglich sei.

Dies war nun die erste, ernsthafte Liebesbeziehung, die er erleben durfte. Seine Mutter hingegen stand vor einer Katastrophe. Seit seiner Pubertät hatte sie unzählige Detektive beschäftigt, die den Lebenswandel, speziell die Amouren des künftigen Präsidenten überwachen sollten. »Die Spreu vom Weizen trennen«, hieß ihre Devise. Nur keine Mesalliance!

Trotz des ausgeklügelten Kontrollsystems, welches die Lady bis jetzt finanziert hatte, war es ihrem Sohn immer wieder geglückt, sich unbemerkt Hals über Kopf in seine amourösen Abenteuer zu stürzen.

Es schien fast wie ein Zwang, daß er die High-Society mit den ihm bestimmten Ladies zwar tolerierte und zum Schein darauf einging, jedoch seinem Hang zum einfachen Leben immer wieder nachgab. War er erst einmal in Stimmung, so konnte es leicht geschehen, daß er sich neu verliebte bzw. den weiblichen Reizen nicht widerstehen konnte. Dazu kam auch die Abenteuerlust bei Whisky und einer kleinen Pokerrunde.

Hatte er ein bis zwei Millionen Dollar verloren oder seine weibliche Neuerwerbung entwickelte eigene Ansprüche, befand er sich in höchster Not, dann telefonierte er zunächst einmal mit Susan, der Tochter des Obersts Vargas. Sie ihrerseits war durch Erziehung so programmiert, daß sie eine dienende und hilfreiche Stellung anstrebte, und so war sie im Laufe der letzten Jahre seine ständige Beraterin geworden. Es verband sie eine innige Freundschaft, obwohl beide dem Wunsch ihrer Eltern nicht soweit folgen wollten, daß daraus die Grundlage einer Ehe entstehen könnte. In solchen Notsituationen, wie eben geschildert, verstand sich Susan als Vermittlerin, die den Boden für weitere Verhandlungen bereiten sollte, indem sie mit seiner Mutter sprach, bis schließlich eine Dreierkonferenz stattfand.

Zuerst mußte die Lady ihrem Unmut Luft machen, dann gab sie doch nach: »Der Knabe muß doch erstmal seine Erfahrungen machen. Zu ehrgeizige Bewerberinnen muß ich ausschalten, in Frage käme eigentlich nur Susan, die Tochter des Obersts Vargas.«

Nun ja, der erste deutliche Bruch kam, wie gesagt, bei Minou, der Frau, die keine Zukunftsabsichten auf den Präsidententhron hatte. Die Konsequenzen waren eindeutig: entweder eine adäquate Partnerin auf dem Wege nach oben oder Stornierung sämtlicher finanzieller Zuwendungen. Georges Antwort war ebenso eindeutig: Die Würfel waren gefallen!

Fortan lebten beide in einer winzigen Dachwohnung über den Dächern von Paris. Er verdiente seinen Lebensunterhalt damit, daß er im Quartier Latin seine Chansons mit Inbrunst sang und mit klingender Münze belohnt wurde.

Bis zu jenem bewußten Abend, als Minou, die beim Kellnern ein freundliches Verhalten den Gästen gegenüber zeigen mußte, einem besonders gutaussehenden Kavalier zu sehr entgegenkam.

Zu Hause machte er dann seinem angestauten Zorn Luft. Es gab ein großes Eifersuchtsdrama, und er stürmte hinaus in die dunkle Nacht von Paris.

Seltsamerweise fand er sich nach stundenlangem Herumirren vor dem Hotel von Susan wieder.

Sie versuchte, ihn zu beruhigen, jedoch stand die Untreue Minous außer Frage. Schließlich brach die ganze Enttäuschung und Verzweiflung aus ihm heraus. Er warf sich, laut weinend, auf den Boden und schluchzte: »Nach all den Jahren glaubte ich endlich eine Frau gefunden zu haben, die mich um meiner selbst willen liebt und nicht wegen meiner möglichen Präsidentschaft. Und jetzt so etwas!« Tröstend schlangen sich die Arme von Susan um seine Schultern.

»Bei all diesen oder ähnlichen Affären habe ich dich bis jetzt immer gut beraten. Du muß diese Frau vergessen. Es gibt noch andere, die dich lieben und die dir den Weg in die Zukunft zeigen. Ich habe sehr wohl gemerkt, daß du dein Leben als Playboy nur als Flucht vor der Verantwortung führst. Vor mir kannst du die guten Seiten deines Wesens nicht verbergen. Ich weiß, daß du deinen Kameraden beim Militär oft genug mit größeren Summen ausgeholfen hast, wenn es um ihre nackte Existenz ging. Ebenso habe ich gemerkt, daß du ein Hospital für Waisenkinder ins Leben gerufen hast, nur weil dich eines Tages ein zehnjähriger Negerjunge stundenlang angebettelt hatte.

Als künftiger Präsident könntest du die sozialen Mißstände im Land verbessern, wenn du die Verantwortung auf dich nimmst, und ich glaube, daß ich die richtige wäre, dir auf diesem Wege weiterzuhelfen.«

George hörte ihre Worte zunächst wie durch eine Nebelwand, nur vage konnte er ihren Sinn erfassen, zu sehr war er in den Grundfesten seiner Seele erschüttert und von Schmerz übermannt. Ein wildes, scheinbar nicht endenwollendes Schluchzen ließ seinen Körper erbeben, sein tränenüberströmtes Gesicht hatte er an die Brust Susans gepreßt. Sie hielt ihn wie ein Baby in ihren Armen, schaukelte ihn mit sanften rhythmischen Bewegungen und streichelte besänftigend sein Haar. Als sie den Satz wiederholte, »... auf deinem Lebensweg begleiten«, war es plötzlich totenstill im Raum. Beide hielten den Atem an. Jetzt hatte Susan erstmals ausgesprochen, was beide von ihren Eltern seit Jahren als zwingende Notwendigkeit zu hören bekamen, was schon als stillschweigende Übereinkunft galt, nämlich die Heirat von George und Susan. Natürlich hatten beide im Laufe der Jahre schon mal daran gedacht, wie es wohl mit dem anderen in einer Liebesbeziehung wäre, jedoch waren sie sich von Kindheit an vertraut, ein jeder kannte den anderen genau, so daß es scheinbar nichts mehr zu entdecken gab und der neugierige Funke des erotischen Begehrens einfach nicht überspringen wollte. Die Worte Susans gaben diesem Gedanken, den beide eigentlich schon längst begraben hatten, jetzt wieder eine neue Bedeutung. Vordergründig war es freudige Hoffnung, die George in sich aufkommen fühlte. Sein Leben, das ihm vor wenigen Minuten zu Ende schien, bekäme wieder einen neuen Sinn. Nach der Trennung von der nicht gesellschaftsfähigen Minou und mit der Heirat der repräsentierfähigen Susan würde er wieder in Gnaden aufgenommen werden. Die Lady würde alles tun, um ihn einmal als Präsidenten zu sehen. Susan könnte auch zufrieden sein, ihr Hobby war soziales Engagement, sie hatte ihr Leben auf die Hilfe für Schwächere eingestellt, sie wußte, daß er seit jeher seelisch schwach war, er durfte also ihrer ständigen Hilfe sicher sein. Darüber hinaus wußte er sie auf einer Wellenlänge mit der First Lady, die ihre bisherige Aufgabe darin gesehen hatte, jedes auch noch so kleine Steinchen auf seinem Lebensweg wegzuräumen. Alles schien also in sich stimmig und sinnvoll.

Dennoch erfaßte ihn ein unerklärliches und tiefes Unbehagen, die warnende innere Stimme aus den Tiefen seiner Seele wurde immer lauter, erreichte schließlich sein Bewußtsein.

So muß ich also wieder zurück in diese vorgefertigte Schablone meines Lebens, dachte er, meine Ausbruchversuche sind dann endgültig gescheitert. Die First Lady und Susan werden ihre Erfüllung finden in der gemeinsamen Lebensaufgabe, mich auf die Präsidentschaft vorzubereiten. Beide wissen stets, was für mich »das Beste« ist. Ich werde mich dabei wie ein Kind fühlen, das ständig gegängelt wird und in dieser Abhängigkeit nie erwachsen und frei werden kann. Als Präsident werde ich eine Marionette sein, die auf den Millimeter genau den vorgeschriebenen Weg gehen muß. Nicht wie ein normaler Mensch, der seine eigenen Fehler machen darf, um daraus zu lernen, durch Erfolgserlebnisse Selbstvertrauen gewinnen kann. Das Endresultat meiner gesamten Lebensgleichung wird mir frei Haus serviert, ohne die Möglichkeit, durch eigenen Versuch und Irrtum auf ganz andere Ergebnisse zu kommen.

Diese Erkenntnis durchfuhr ihn mit eisigem Schreck. Eine drangvolle innere Unruhe erfaßte ihn und zwang ihn zum Handeln. Er riß sich aus Susans Armen und verkündete, zwar ruhig und gefaßt, doch mit düsterer Entschlossenheit in seinen Augen: »Ich danke dir für deine Hilfe, ich gehe jetzt und hole meine Koffer von Minou, dann such ich mir ein Hotel.«

Erleichtert und hoffnungsfroh zugleich antwortete Susan: »Hier hast du die Schlüssel meiner Freundin, sie ist als Stewardeß unterwegs, bleib solange du willst, melde dich aber in drei Tagen, damit ich beruhigt sein kann.«

George versprach's und verließ hastigen Schrittes die Wohnung.

Plötzlich war in seinem Inneren eine seltsame Leere, ein Gefühl der Gefühllosigkeit, er empfand sich selbst als einen Fremden, der wie ein ferngesteuerter Roboter zur Metro ging, die Nr. 17 bestieg und im Quartier Latin landete. Schließlich fand er sich wieder im Café Jean, einer Künstlerkneipe, Heimat für Existentialisten und sonstige Lebenskünstler. Es hatte den Vorteil, daß er nur schräg nach oben zu blicken brauchte, und schon konnte er sehen, ob im gegenüberliegenden Haus das Licht in seiner und Minous Mansarde anging. Um zehn Uhr hätte sie längst zu Hause sein müssen, doch Stunde um Stunde verging, und alles blieb dunkel. So trank er einen Rosé nach dem anderen, um die zunehmende angstvolle Spannung und Qual zu mindern. Um sich herum herrschte fröhlich ausgelassenes Treiben. Er ließ sich davon ein wenig ablenken, schließlich kam ihm sein Liebesleid nicht mehr so schlimm vor, bis er ein frisch verliebtes Pärchen sah, welches ihm jäh und unvermittelt seinen Schmerz wieder ins Bewußtsein brachte. In diesem Moment ging auch das Licht in der Mansarde an, Minou war also endlich gekommen. Das rasende Karussell seiner Gefühle hatte jetzt eine neue Station erreicht, nunmehr war er entschlossen, sie entweder zurückzugewinnen oder ihren Liebhaber oder sie selbst oder sich zu töten, oder, oder … Ach ja, eigentlich wußte er gar nicht, was er wollte. Gewalt widerstrebte ihm von Natur aus. Er fühlte den kalten Metallgriff seiner Pistole und wußte, daß er Gott sei Dank nur eine Farce spielte und es sich nur um eine Attrappe mit Platzpatronen handelte. Als das Liebespaar noch einen Kuß austauschte, gab das den letzten Anstoß, er warf ein paar Francs auf den Tisch, raste blindlings über die Straße, ohne auf das Gehupe entgegenkommender Autos oder das Kreischen ihrer Bremsen zu achten, stürmte die vier Etagen bis zur Mansarde hinauf. Er klingelte und stand vor Erregung keuchend mit wutverzerrtem Gesicht vor Minou. Sie stand vor ihm mit neuer Frisur und neuem Kleid, als ob sie einer Modezeitschrift entsprungen wäre, ihre Schönheit kam deutlicher zum Vorschein denn je, das Ausmaß seines Verlustes wurde ihm noch schmerzhafter bewußt. Obwohl sie den ersten Reflex des Erschreckens nicht verbergen konnte, wirkte sie ruhig und gelassen. Diese Ruhe angesichts der Ungeheuerlichkeit dessen, was sie ihm angetan hatte, verschlug ihm erst den Atem, erregte ihn dann um so mehr. Fast hätte er sie umgerannt, als er sie beiseite drängte und in das Zimmer stürmte, um sich auf seinen Stammplatz, den uralten, abgewetzten Großvatersessel, fallenzulassen. Sie stand aufrecht und selbstbewußt vor ihm, wirkte jedoch hinter ihrer zur Schau gestellten Fassade besorgt und, wie ihm schien, unverkennbar schuldbewußt, obwohl sie betont kämpferisch und trotzig die Hände in ihre Hüften stemmte. Auch er war trotz allen Zornes im Innersten ängstlich und betroffen, die Veränderung, die mit ihr vorgegangen war, konnte er nicht übersehen. Bis jetzt hatte er sie »Gänseblümchen« genannt, nicht nur, weil sie am liebsten einfache Kleidchen mit Blümchenmuster trug, ihr fülliges Haar mit einem Pferdeschwanz zu bändigen pflegte, sondern weil ihre ganze Erscheinung bis dato der eines frischen, doch naiven Mädchens vom Land entsprach. Nun aber kam sie ihm vor wie eine frisch erblühte Rose, wie er sich staunend und widerwillig eingestehen mußte. Der Coiffeur hatte offensichtlich ein Wunder vollbracht, ihre zuvor mattblonden Haare leuchteten jetzt in goldenem Glanz und fielen kaskadenförmig in üppigen großwelligen Locken bis hinab zu den Schultern. Bisher hatte er bei ihrem Anblick immer an ein Engelsgesicht von Botticelli denken müssen, doch ihre durch breit ausladende Wangenknochen kindlich rund wirkende Gesichtsform war jetzt durch die seitlich frei und ungehindert fallende Lockenpracht ovaler geworden, sie erweckte in ihm den Eindruck eines Vollblutweibes, den Inbegriff der leibhaftigen Eva, die nach dem Sündenfall wohl ihren unschuldig lieblichen Gesichtsausdruck verloren hatte und ihn jetzt mit den wissenden Augen des erfahrenen Weibes anschaute. Dazu trug sie ein, wie ihm schien, sündhaft teures chinesisches rotes Seidenkleid, das bis zur Hüfte beidseits geschlitzt war und einen großzügigen Blick auf wohlgeformte Beine in schwarzen Netzstrümpfen erlaubte. Sein Blick, aus dem kaum verhüllte Neugier sprach, wanderte von den hochhackigen roten Lackschuhen ihre Beine hinauf, wo er hoch an ihrem Oberschenkel zunächst an der schwarzen breiten Abschlußbordüre ihrer Strümpfe verweilte, eilte jetzt, schon fast ungeduldig, nach oben und saugte sich fest an dem nun gänzlich unverhüllt nackt weißen Fleisch ihrer straffen Oberschenkel, die in ihrer weißen Nacktheit einen reizvollen Kontrast zu den schwarzen Strümpfen bildeten. Das rote Seidenkleid lag wie eine zweite Haut auf ihrem Körper und verstand es, ihre ohnehin von Natur aus vorhandenen weiblichen Vorzüge aufs beste zur Geltung zu bringen, es modellierte ihre Taille, ebenso ihre flach atmende Bauchpartie und enthüllte bis zur äußerst möglichen Grenze ihre Brüste, die prall elastisch und doch weich wirkten und jetzt in der Erregung heftig wogten.

Nachdem er sich an ihrem Anblick sattgetrunken hatte, verspürte er plötzlich den bitteren Geschmack des Wermutstropfens, als er genauer in ihr Gesicht sah. Ihre blauen Augen schauten ihn kalt und taxierend an, wie man ein Insekt unter dem Mikroskop anschaut, ihre vollen roten Lippen hatte sie dabei zu einem süffisanten Lächeln verzogen. Als er sie so verwandelt vor sich sah, dachte er dennoch: Mein Gott, welch ein prachtvolles Tier, wie konnte ich bisher ihr wahres Wesen übersehen. Fast kam er sich wie ein Jäger vor, der um seiner Ehre willen gekommen war, ein Raubtier zu erlegen, angesichts der wilden Schönheit der Natur jedoch am liebsten seine Schuß-

waffe beiseite gelegt hätte und zum Liebesakt übergegangen
wäre. Im Gegensatz zu ihr bot er ein Bild des Jammers, er saß
gekrümmt und schlaff, als ob er jede Muskelspannung verloren
hätte, in seinem Sessel, umklammerte die Armlehne, als ob er
dort Halt finden wollte, sein ohnehin schmales Gesicht war
übersät von Bartstoppeln, die ihm leider nicht ein markant
männliches Aussehen verliehen, wie bei Männern ansonsten
üblich, sondern seinem trotz seines Alters immer noch kindlich
anmutenden Gesicht den verzweifelten, aber letztlich mißlun-
genen Versuch aufdrückten, männlich wirken zu wollen. Seine
rotgeränderten Augen quollen ihm fast aus den Höhlen, Qual
und Verzweiflung sprachen aus ihnen, obwohl er sich redlich
mühte, diese Gefühle mit Wut und Zorn in den Hintergrund
zu drängen. So überwand er schließlich seine Schlaffheit,
straffte sich und saß kerzengerade auf seinem Sessel. Sie standen sich gegenüber mit angespannten Sinnen und Muskeln
wie zwei Raubkatzen, die nur Bruchteile einer Sekunde vom
tödlichen Sprung aufeinander getrennt waren. Entgegen sons-
tiger Gewohnheit lag das Wohnzimmer im Halbdunkel, zwei
Stehlampen warfen ein spärliches Licht. Aus dem Radio plärrte
ein Chansonnier sein Liebeslied. Die grellbunten Reklamen
der Place Pigalle zerschnitten wie mit Messern das wohltuende
Halbdunkel ihres Wohnzimmers, knallten aufdringlich an die
Wand, auch das rhythmische Ticken der Wanduhr zerhackte
die vor Anspannung knisternde Stille. Ihm wurde plötzlich
wie durch Eingebung bewußt, daß hier ein erbarmungsloses
Metronom am Werke war, unaufhaltsam in die Zukunft wei-
send und mit jedem neuen Schlag den jetzigen Augenblick des
Lebens als bereits unwiderruflich erledigt abservierte. Er blickte
sich, der Stimme seiner Intuition folgend, nun im Zimmer
um, als ob er zum erstenmal, nein, nun wohl zum letztenmal
den so wohlbekannten Raum sehen würde, sah auch mit einer
gewissen Wehmut die ihm bisher immer so kleinbürgerlich

erscheinende Einrichtung. Sein Blick fand seinen Endpunkt schließlich an der trotzig und aufrechtstehenden Frau, und im gleichen Moment wurde ihm endgültig klar, daß er sie für immer verloren hatte. Es gab nur einen Ausweg, um vor dem glühenden Blitz des Schmerzes, der ihn durchfuhr, zu flüchten. Er mußte zurück zum Recht des betrogenen Liebhabers und seine Wut wiederfinden. Sein Blick irrte unstet weiter und klammerte sich an Ohrringen, Halscollier und Ringen von Minou. Wenn auch nichts mehr sonst, so war das wenigstens sein Eigentum.

»Schämst du dich nicht, meine Geschenke dazu zu benutzen, deinem Liebhaber zu gefallen«, schrie er. »Mit meinem Geld habe ich dir Geschenke gekauft, um dir eine Freude zu machen, nicht deinem Lover!«

Minous Augen verengten sich zu schmalen Schlitzen, ihr üppig roter Mund preßte sich zu fast blutleer-schmalen Lippen und stieß dann mit mühsam unterdrückter Wut hervor: »Oh ja, ich erinnere mich genau, das alles war so teuer, daß wir bis zum Monatsende nichts zu essen hatten und wir uns bei meinen Eltern auf dem Lande einquartieren mußten, um über die Runden zu kommen. So folgte meiner ersten Freude das bittere Erwachen. In Gedanken bist du immer noch der Prinz im Märchenwald, der sich offensichtlich verlaufen hat. Bei den einfachsten Banalitäten des realen Lebens scheiterst du, selbst ein Schwachsinniger lernt es bald, sein Geld so einzuteilen, daß er damit auskommt. Du hast immer noch die First Lady als ewig sprudelnde Geldquelle im Hinterkopf, die deine finanziellen und emotionalen Bedürfnisse zu befriedigen hat. Zu Hause hast du nur im Überfluß gelebt, die First Lady hat vom Tag deiner Geburt an dafür gesorgt, daß alles auf deine Bedürfnisse ausgerichtet ist und auch deine ganze Umwelt darauf eingeschworen. Sie hat für eine bezahlte und willfährige Dienerschaft gesorgt, dazu zähle ich auch die Girls, die dazu auserkoren waren, ihren Familien Ehre zu bringen, und ihr Ziel darin erblickten, dich in den Hafen der Ehe zu lotsen, um später selbst First Lady zu werden. So hat sie auch noch für deine sexuelle Bedürfnisbefriedigung gesorgt. Ohne den Nimbus des Regenten in spe und nur mit deiner sogenannten Männlichkeit hast du aus eigener Kraft noch keine Eroberung gemacht, oder?«

Als sie ihm so abrupt die ungeschminkte und brutale Wahrheit seines Lebens entgegengeschleudert hatte, wirkte er wie ein Kind, das man geschlagen hatte und das den Tränen nahe war. Sogleich tat er ihr auch wieder leid.

»Ach komm, George«, sagte sie und legte versöhnlich die Hand auf seine Schulter, »c'est la vie. Es ist ja nicht alles deine Schuld, ich habe jemanden kennengelernt, den ich jetzt liebe. Wenn du willst, schiebe die ganze Schuld auf mich. Laß uns Freunde bleiben. Wir stammen eben aus zwei verschiedenen Welten, du lebst in höheren Regionen der High-Society, ich bin ein einfaches Mädchen vom Lande und will auch nicht mehr als ein einfaches Leben und mich darüber freuen, ohne lange darüber philosophieren zu müssen.«

Ihre Worte trafen ihn bis ins Mark.

Ihre tröstend-versöhnliche Geste machte alles noch schlimmer, da sie das bei ihm noch vorhandene Gefühl der Zuneigung wieder aufleben ließ und es ihm noch schwerer machte, das Gefühl des gerechten Zornes aufrechtzuhalten.

Er nahm seine ganze Kraft für einen letzten Anlauf zusammen und schrie: »Du bist die einzige Frau, die mich um meiner selbst willen geliebt hat, obwohl die Aussichten auf eine künftige Regentschaft gleich Null waren. Mußtest du unbedingt diesen Muskelprotz von Bodybuilder zum Lover nehmen? Soll ich jetzt auch noch Bodybuilding machen, obwohl ich normal gebaut bin? Was hat er, was ich nicht habe?«

Minou erregte sich nun ihrerseits: »Wenn du es unbedingt

wissen willst, sage ich es dir: Jean ist schlicht und einfach ein Mann, besser gesagt ein männliches Tier, stark, vital und selbstbewußt, nimmt sich, was er will, wartet nicht wie du darauf, daß es serviert wird. Bei seiner animalisch erotischen Ausstrahlung mußte ich einfach schwach werden. Er hatte diesen unwiderstehlichen männlichen Jägerblick, der sein Weibchen sucht. Du gibst mir immer das Gefühl, daß ich wie alle Frauen in deinem bisherigen Leben nur dazu da bin, deine Bedürfnisse zu befriedigen, so wie du es von Geburt an gewöhnt bist. Eine Beziehung zwischen Mann und Frau ist keine Einbahnstraße, eine normale Frau will kein verwöhntes Muttersöhnchen, das sie tagsüber wie ein Kind leiten und lenken soll und nachts auch noch sexuell verwöhnen darf. Am besten, du läßt dir eine thailändische Sklavin von der Lady kaufen, sie wird es auch ohne weiteres tun, damit du deine Prinzenrolle im Märchenland weiter träumst und nicht aufwachst und erwachsen wirst.«

George machte noch einen letzten Versuch, um das Schlachtfeld als Sieger zu verlassen: »Du hast recht, wir sind grundverschieden, eine Weiterentwicklung ist mit dir nicht möglich, du bist zufrieden mit der bourgeoisen Idylle deiner kleinen Welt, höhere geistige Interessen sind dir fremd.«

»Auch du hast recht, George«, sagte Minou ruhig und bestimmt, »so ist es, und ich bin damit zufrieden. Am besten, du gehst zurück in dein früheres Leben, strebst nach Höherem, wirst Regent und behältst mich in guter Erinnerung. Jean wartet, ich muß jetzt gehen.«

Ein eisiger Schreck angesichts des Unwiderruflichen durchfuhr George. Es war nicht so sehr die »Person Minou«, sondern daß sie ihn einmal als Geliebten haben wollte, als er ein Nichts war und damit die letzte und einzige Stütze bildete für den spärlichen Rest seines Selbstwertgefühles. Sein Verstand wie auch sein Gefühl sagten ihm, daß er sie endgültig verloren hatte. Schmerz und Wut beherrschten ihn nun gleichermaßen. Er krümmte sich, als ob ein Messer seine Eingeweide zerschnitt, schrie dabei unartikulierte Laute, ließ seinen Tränen freien Lauf, bis er schließlich die Sprache wiederfand und sie bat, doch bei ihm zu bleiben. Ihre Antwort war unmißverständlich. Er sprang plötzlich auf, weil ihm schwindelig geworden war und er am Fenster frische Luft schnappen wollte, dabei nahm der nächste Akt des Dramas seinen Lauf. Die Pistole, die ein Freund ihm gegeben hatte und die er zur Steigerung seines mangelnden Selbstbewußtseins in die Gesäßtasche gesteckt hatte, fiel polternd zu Boden. Was zunächst als nicht ernsthaft gemeinte spielerische Variante, als angeblich männliches Attribut Verwendung finden sollte, lag nun auf dem Teppich, starrte ihn an und sprang in sein Bewußtsein. Aufgewühlt und nicht mehr Herr seiner Sinne, wußte er dennoch, daß er hier eine erbärmliche Farce spielte, sich selbst und Minou ein pseudomännliches Machtritual bot, wie es bei einem südländischen Liebesmelodram üblich war. Der Unterschied lag nur darin, daß dort die Beteiligten an solche Inszenierungen gewöhnt waren und jeder wußte, daß es sich um eine ungefährliche Posse handelte. Trotz des scheinbar chaotischen Gefühlssturmes, der ihn erfaßt hatte, führte sein Unterbewußtsein zielstrebig Regie; seltsamerweise fiel ihm gerade jetzt das Zitat des Wallenstein ein: »Ich müßte die Tat vollbringen, nur weil ich sie gedacht.«

Scheinbar wie unter einer fremden Macht stehend, griff er zur Pistole, richtete sie gegen Minou und schrie: »Ich werde diesen Jean umbringen, falls nötig auch dich.« Als er das tödliche Erschrecken Minous sah, besann er sich und richtete demonstrativ die Waffe gegen sich selbst.

Minou schrie laut und gellend: »Tue es nicht.«

So ließ er davon ab und freute sich, zunächst wieder Macht und Kontrolle über die Situation gewonnen zu haben. Wie um dies nochmals zu bekräftigen, öffnete er das Fenster und gab einige Schüsse in die Luft ab. Als er Minou weinen sah, beruhigte er sie, indem er gestand, daß es nur Platzpatronen seien. Trotzdem war das Ende der Beziehung nun besiegelt.

Minou war am Ende ihrer Kraft, sagte dann leise, aber bestimmt: »Ich gehe jetzt zu Jean, bitte gehe auch du.«

Er tat es wie in Trance und ging in Richtung Champs-Élysées, hinaus in die durch gewaltige Regenstürme durchpeitschte Dunkelheit seiner ungewissen Zukunft.

Während er das Tal der Tränen durchschritt, geriet aus gleichem Anlaß ein hoher KGB-Offizier in Moskau in Verzückung. Zunächst reagierte Oberst Igor unwirsch, als er mitten aus einer Aufführung des Bolschoi-Balletts zum Telefon gerufen wurde, in seinem Gesicht zeigte sich jedoch ein breites Grinsen, als er nur den einen Satz hörte: »Leutnant Jean meldet: Mission Latin Lover erfolgreich durchgeführt.« George konnte nicht ahnen, daß er und Minou nur Figuren auf dem politischen Schachbrett des KGB waren. Selbst, wenn er es gewußt hätte, wäre er nicht imstande gewesen, den Lauf der Dinge aufzuhalten. Minou befand sich im Liebeswahn und hätte ihm nicht um alles in der Welt geglaubt. Auch George hätte jeden ausgelacht, der ihm gesagt hätte, unter welchen Umständen er Minou nochmals wiedersehen sollte.

So hastete George blindlings weiter, merkte nicht, wie ihm dicke Hagelkörner ins Gesicht schlugen und er die ihm entgegenkommenden Passanten anrempelte, die sich im Weitergehen noch umdrehten und ihm Schimpfworte hinterherwarfen. Er kümmerte sich um nichts, setzte automatisch Schritt vor Schritt, als ob er von einem unsichtbaren Ziel magnetisch angezogen würde. Schließlich fand er sich wieder unter den Brücken der Seine, inmitten von zerlumpten, meist bärtigen Gestalten, die ihn argwöhnisch betrachteten, da er noch recht »convenable« gekleidet war, nicht hierher paßte und sich wahrscheinlich verirrt hatte. Ohne ein Wort zu sagen, setzte er sich völlig erschöpft auf ein undefinierbares Bündel, das er für eine willkommene Sitzgelegenheit hielt, und bekam sogleich den Zorn eines bärtigen Riesen zu spüren, der ihn anschrie: »Monsieur haben wohl die guten Manieren vergessen, sich einfach hinzusetzen, ohne zu fragen?«, und versetzte ihm einen heftigen Puff auf den Arm. Fast hätte er eine ordentliche Tracht Prügel bezogen, wäre da nicht ein fast siebzigjähriger, zwergenhaft kleiner Mann gewesen, der sich für ihn einsetzte. »Laß ihn in Ruhe«, schrie er mit schneidender Stimme, »siehst du nicht, in welch erbärmlichem Zustand Monsieur ist, einen Mann am Ende seiner Kräfte schlägt man nicht.«

Zu Georges Verwunderung leistete der Rübezahl dem Befehl des Zwerges augenblicklich Gehorsam und entfernte sich. Der Zwerg setzte sich zu ihm und fragte mit einem wissenden Augenausdruck, so als ob er die Antwort schon wüßte: »Na, wohl Pech gehabt, ist es das Geld oder die Liebe, was dich in diesen Zustand gebracht hat?«

George sagte zunächst nichts, er starrte den Alten nur ungläubig an, so als sei er aus einem Traum erwacht und sähe erstmals ein menschliches Wesen. Die reale Welt hatte ihn wieder. Der Alte hatte einen mächtigen, aristokratisch anmutenden Schädel, mit zu Berge stehenden weißen Haaren, hoher Stirn, hager-asketischen Gesichtszügen, imposanter Adlernase und intelligent wachen Augen.

Zwar roch er nach billigem Rotwein, doch ging wohlwollende Anteilnahme von ihm aus, und als er George nochmals kumpelhaft auf die Schulter klopfte mit den Worten: »Na sag schon, was ist«, kam er ihm vor wie ein Licht in der Finsternis, und George erzählte ihm, erst mühsam nach Worten suchend, dann immer flüssiger, die ganze Geschichte.

Obwohl François, so hieß der Alte, nicht glaubte, den künftigen Präsidenten vor sich zu haben, ließ er es bei einem ungläubigen »Na, na!« bewenden, hatte er doch die Philosophie entwickelt, man müsse jeden ernst nehmen, auch wenn er sich, wie hier, in wahrhafte Größenideen verrannt hatte.

Er ging vielmehr auf ihn ein, forderte ihn auf, nicht die Flinte ins Korn zu werfen, sondern auf die Präsidentschaft hinzuarbeiten.

»Schau dir die armen Teufel hier an, im Vergleich zu denen geht es dir doch gut, du hast ja noch ein Ziel, für das zu leben es sich lohnt, sie aber haben keine Arbeit, keine Familie, keine Hoffnung. Der kleine Dicke da hinten, mit dem roten pausbäckigen Gesicht und dem blonden Wuschelkopf, der aussieht wie ein Cherub, so harmlos schaut er drein, war genau so ein Hitzkopf wie du, hat seine Frau erschossen, als er sie bei einem anderen im Bette fand. Nach zehn Jahren Knast ist er fertig, keine Aussicht auf Arbeit, auf eine Frau schon gar nicht. Die Flasche, die er sich gerade an den Hals setzt, ist sein einziger Trost. Schau ihn dir gut an, willst du auch so enden? Emile, dort neben dem Cherub, der schwarze Krauskopf mit dem schmalen Gesicht, den eingefallenen Wangen und der Raubvogelnase, war früher Chirurg. Ständiger Ehekrach, Alkohol und geplatzte Börsenspekulationen haben ihn eines Tages einen Kunstfehler machen lassen, als er zu sehr mit sich selbst beschäftigt war. Er hat zwar nur den falschen Finger amputiert, doch kompromißlos, wie er ist, hat er den Beruf an den Nagel gehängt, ist immer tiefer in den Alkohol gerutscht und kann sich den kleinen Fehler, den er gemacht hat, noch immer nicht verzeihen, wahrscheinlich, weil er Schande über sein Dorf gebracht hat. Man muß wissen, daß er aus einem sehr kleinen Dorf aus Kurdistan stammt, seine ganze Familie zeitlebens dafür gespart hat, daß einer von ihnen nach oben kommt. Nach seinem Studium war er der Stolz von allen, die falsche Frau mit immer höheren Ansprüchen hat ihn zu gewagten Spekulationen verleitet, die sind gescheitert, die Folge kannst

du dir leicht ausmalen, kein Geld: Ehekrach, für mehr Geld
Nachtdienst bis zum Umfallen, wieder Krach wegen überreiz-
ter Nerven und schließlich Alkohol bis zum Kunstfehler. Er ist
die Schande seiner Familie und des ganzen Dorfes, er traut sich
nicht mehr nach Hause. Sein Vater, ein strenger Dorfschulze,
hat ihn verstoßen. Emile glaubt zu sehr an die Autorität des
Vaters, als daß er diesen relativ kleinen Fehler einem adäquaten
Strafmaß hätte zuordnen können. Obwohl er ja Akademiker
ist, zeigt sich wieder einmal, daß die Welt von der Macht der
Gefühle, vorwiegend von den falschen, gelenkt wird, ähnlich
wie bei dem Glauben an Voodoozauber. Aber fini damit, mit
fünfundzwanzig hast du das Leben noch vor dir, vor allem ein
Ziel. Morgen gehen wir zum Abbé Pierre und holen uns unser
Mittagessen.«

So saßen sie unter der Brücke, ein jeder sprach von seinem
Schicksal und ermutigte ihn, noch nicht aufzugeben. Dieses
Häuflein Unglücklicher und Gestrauchelter zeigte ein starkes
Gefühl für Gemeinschaft, Nähe und Wärme. Sie waren im
Unglück vereint, hielten fest zusammen und standen sich bei.
Als Georges nach oben zur erleuchteten Brücke aufschaute,
sah er Passanten in Abendgarderobe dem Theater zueilen. Einige mokierten sich über die Clochards unter ihnen, andere
wiederum warfen einige Münzen hinab. George fühlte sich
dadurch unangenehm berührt, es wurde ihm plötzlich klar, auf
welcher Seite des Lebens er stand. Nein, dachte er sich, von der
Gnade anderer will ich nicht leben. Wie, zum Teufel, bin ich
bloß so tief gesunken. Seine Gedanken eilten zurück bis zum
Ursprung und waren wieder bei Minou. Sie fingen wieder an,
in der bekannt trübsinnigen Weise, stereotyp und immer wie-
derkehrend, um dieses schmerzliche Thema zu kreisen, hätten
in ihrem zwanghaften Lauf wohl auch so schnell kein Ende
gefunden, wäre er nicht plötzlich auf musikalische Art kurz
und schmerzlos davon befreit worden. Er drehte sich um und

sah vor sich die Urheberin der fanfarenartig geschmetterten Gesangseinlage. Sie sang aus vollem Hals die Marseillaise.

»Da bist du ja endlich, Nicole, hast du uns auch was Schönes mitgebracht?« grölten die Clochards wie aus einem Munde.

Nicole war ein etwa siebzigjähriges drolliges Weiblein und verbreitete das Flair einer angenehm lustigen Hexe. Sie hatte einen gewaltigen Buckel, ging deshalb gekrümmt und nach vorne geneigt, trachtete ständig, das Gesicht nach oben zu halten, um nicht nur den Boden dieser Welt zu sehen. Ihr Gesicht war blaß und zerknittert wie eine Ziehharmonika von den zahllosen Furchen, die das Leben hinterlassen hatte. In der Mitte eine überaus kecke Stupsnase, Richtung himmelwärts, darunter ein grell geschminkter, scheinbar ewig zum Grinsen bereiter Mund. Über der Himmelfahrtsnase zwei verschmitzte hellblaue Augen, aus denen der Schalk unverblümt und geradezu heraussprang. Ihr wild gekräuseltes rotes Haar erinnerte an Afrolook und wurde mühsam, wenn auch vergeblich von einem violetten Kopftuch gebändigt. Mit ihrer rechten Hand zog sie einen altmodischen Holzleiterwagen, der bei jedem Schritt ein lautes ächzendes Quietschen von sich gab. Beladen war er bis zum Rand mit unzähligen Plastiktüten, die offensichtlich das Interesse der Clochards erweckten.

»Natürlich war ich in den Markthallen, dem Bauch von Paris, der nun auch unser sein wird, meine Kinder, glaubt ihr Dummerchen, ich hätte euch vergessen?« sang sie weiter zur Melodie der Marseillaise, was mit Jubel quittiert wurde.

Nicole pflegte täglich zu den Markthallen zu gehen, um dort die Abfälle der Händler zu ergattern. Sie war dort bereits zum festen Inventar geworden, galt als touristische Sehenswürdigkeit, gab sie sich doch als Wahrsagerin aus, die jedem nur das Beste, wenn auch Unvorstellbare verkündete und zum Lachen provozierte: Du armer Junggeselle sollst die schönste Frau von Paris bekommen, und du gewinnst morgen schon fünf Millionen im Lotto und dergleichen mehr. Niemand glaubte ernsthaft an ihre Prophezeiungen, doch ihre grotesken Übertreibungen ließen manchen besorgten oder gar glücklosen Menschen den Humor wiederfinden. So war sie überall beliebt, am meisten aber bei den Clochards, die sie oft als Mutter Nicole bezeichneten, weil sie nicht nur mit Nahrung für sie sorgte, sondern auch mit Zuversicht und Humor ihre Seele speiste. Ihre Schicksale waren ihr natürlich nicht fremd geblieben. Im Laufe der Jahrzehnte kam es immer wieder vor, daß sie, scheinbar unwissend, Luc, dem Frauentotschläger aus Eifersucht versprach, du wirst bestimmt noch Chefchirurg, und dem gescheiterten Chirurgen, du wirst noch mal Richter, kannst dich dann freisprechen, wenn du im Affekt eine Frau umgebracht hast. Dem abtrünnigen Priester versprach sie, du wirst noch ein Frauenheld, und dem unglücklichen Liebhaber, du wirst noch Papst.

Ihre offensichtlichen Verwechslungen der Lebensschicksale lösten jedesmal grölendes Gelächter aus, man bezeichnete sie als auf den Kopf gefallen, sie war's damit zufrieden, sie hatte ihr Ziel erreicht und lachte herzhaft mit.

Als sie die Geschichte des Neuzugangs hörte, legte sie ihr ohnehin schon zerknittertes Gesicht in noch weitere, scheinbar verzweifelt um Lösung bemühte Falten, schaute dann gen Himmel, als ob von dort die Antwort käme, dabei angeblich original tibetanische Gebetsformeln monoton in einer Art Singsang vor sich her murmelnd, und sagte dann, wie vom Blitz der Erkenntnis getroffen: »Es ist so, wie du sagst, du wirst Präsident der USA. Dies müssen wir gebührend feiern, und zwar genau wie bei Hofe Ludwigs XIV. mit einem Menuett, wenn du es nicht schaffst, wirst du auch nicht Präsident. Steh auf und tanz mit mir.«

Sie zog ihn vom Pflaster hoch, verneigte sich grazil und tanzte in zierlichen Schritten unter zahlreichen Drehungen und Verbeugungen das Menuett, so wie es wohl damals bei Hofe gewesen sein mag. Die Clochards klatschten dazu im Takt, sie selbst sang einen undefinierbaren Text, tanzte jedoch so sicher, daß man fast die Vermutung haben konnte, sie sei früher Ballettänzerin gewesen. George hatte zunächst nur widerstrebend mitgemacht, wurde jedoch vom Rhythmus der Bewegung und der Musik einer inzwischen hervorgeholten Quetschkommode ergriffen, der eine gewisse Eigendynamik hatte und ihn wie von selbst die nächsten Schritte nur allzugerne ausführen ließ. Auch die anderen, zum Teil erst sorgenvoll, deprimiert oder stumpf apathisch vor sich hin blickend, ließen sich von der Faszination des Augenblicks anstecken, vergaßen ihre Sorgen und machten mit, so daß sich schließlich eine Gruppe von etwa zwanzig Menschen in einem fröhlich beschwingten Gruppentanz wiederfand, der sich im Rhythmus immer mehr steigerte, wobei sie sich gegenseitig ihre Prophezeiungen zuriefen, wie Richter oder Chefchirurg oder Präsident und dergleichen mehr, was natürlich die so Verkannten zu unsäglichem Gelächter provozierte, bis sie schließlich erschöpft, aber glücklich zu Boden sanken.

Im Laufe des nächsten Vormittags leerte sich allmählich der Platz unter der Brücke, die Clochards verabschiedeten sich mit einem »Salut« einer nach dem anderen, um ihrer »Arbeit« nachzugehen, teils als Helfer in den Großmarkthallen oder als Kofferträger am Gare Centrale, teils als Bettler in den Touristenzentren. Ein früherer Artist provozierte Autounfälle, bei denen er sich anfahren ließ, sich geschickt im letzten Augenblick mit einer Rolle vorwärts auf die Straße warf und das anschließende Schuldgefühl der Touristen für eine großzügige Geldspende ausnutzte. Gegen zwei Uhr ging George dann mit François zum Abbé, wo alle wieder zum Mittagessen versammelt waren. Der Abbé war ein hagerer Mann, wohl über die siebzig Jahre, mit schwarzer Kutte, die in auffälligem Kontrast zu seinem käsebleichen Asketengesicht stand, das schüttere dunkelblonde Haar war nach Schuljungenmanier akkurat nach links gescheitelt, über seiner spitzen Nase kam aus stahlblauen Augen meist ein gütiger, jedoch zeitweise auch ein streng forschender Blick, wenn er sich den »Schäflein« zuwandte, die wohl zu sehr vom rechten Pfad abgekommen waren.

Unter vorgehaltener Hand wurde er von allen mit dem Spitzname »Käse« bedacht, wohl wegen seines bleichen Aussehens. Daß er an Lungenkrebs litt, wußte freilich niemand. Er aber wußte, daß dies der Preis für das einzige Vergnügen war, das er sich nach getaner Arbeit gönnte, abends einige dicke Havannazigarren und eine Flasche Wein, Geschenke von einem ehemaligen Klassenkameraden, dem er in Mathematik durchs Abitur geholfen hatte und der jetzt seltsamerweise Bankdirektor geworden war. Ansonsten war er als Bruder Rektor des Ordens von Sacre Coeur täglich bei den Reichen unterwegs, um Essensreste ihrer Banketts und sonstige Spenden für seine Armen zu ergattern, selbst von seinem monatlichen Salär behielt er nur das Nötigste für sich, den Rest brauchte er zur Speisung seiner Armen.

Schließlich waren alle im Refektorium versammelt, einem spartanisch eingerichteten Raum, in dem die langen blankgescheuerten Holztische und das große Kruzifix an der Wand wohl das Wertvollste waren. Der Abbé ließ es sich nicht nehmen, nach einem kurzen Gebet jeden aus einem großen Kessel Suppe persönlich zu bedienen, freilich nicht ohne einen jeden nach seinem Befinden zu befragen und jeweils aufmunternde Worte zu geben. Als er bei François angelangt war, wurde er sogleich über den »Neuzugang« informiert, und bei George angekommen, fragte er: »Stimmt das, was François über dich erzählt? Komm nach dem Essen zu mir. Wir reden dann über alles, mein Sohn, und ich werde sehen, ob ich dir helfen kann.«

Nach dem Essen war es dann soweit, der Abbé machte zunächst einen Rundgang durch das kleine, höchstens zehn Brüder zählende Kloster, die er George der Reihe nach vorstellte, und ging dann mit ihm in sein privates Arbeitszimmer, das außer einem Fernseher, einem abgewetzten Sofa aus Großmutters Zeit und einfachen Regalen mit vielen Büchern keinerlei Luxus aufwies. Der Abbé gehörte wohl zu den wenigen Menschen, die jene Kunst des aktiven Zuhörens beherrschten, die ohne viel Worte wohlwollende Anteilnahme und das Gefühl, verstanden zu werden, vermittelte. Als er die Geschichte von der Präsidentschaft hörte, stutzt er zunächst, weil er glaubte, daß er einen vom Liebesleid übermannten, aber wohl auch geistig verwirrten, vielleicht schizophrenen Menschen vor sich habe. George bemerkte dies wohl, wußte selbst, wie unwahrscheinlich seine Geschichte war und forderte ihn auf, sogleich Susan anzurufen, die ihm auch über das Weiße Haus seine Identität bestätigen könne, was auch geschah. Er selbst bat Susan um strengste Verschwiegenheit, um in Ruhe zu sich selbst zurückzufinden, was ebenfalls zugesichert wurde.

Der Abbé war nun überzeugt und bot ihm die Ruhe in der klösterlichen Abgeschiedenheit an, sah er doch einen Menschen vor sich, der nach einem geordneten Leben jetzt akut in eine Krise geraten war, aber den unsichtbaren Stempel der chronischen Resignation noch nicht in seinem Augenausdruck hatte. Es war noch Zeit, den offensichtlich abrupten Knick in der bisher nach oben strebenden Lebenslinie zu revidieren und das Überschreiten der Grenze zum endgültigen sozialen Abstieg zu verhindern. »Bleibe bei mir im Kloster, bis du wieder Fuß gefaßt hast«, meinte der Abbé.

George dankte ihm für das Angebot, wollte sich jedoch nicht schon wieder an eine neue Situation gewöhnen und zog es vor, in der ihm nun schon vertrauten Umgebung der Clochards zu bleiben. Es schien ihm, als hätte er dort schon fast so etwas wie eine neue Heimat gefunden. Das Wichtigste schien ihm jedoch, daß man dort nichts von ihm erwartete, ihn so akzeptierte, wie er in seinem Scheitern halt war. Er fühlte sich frei von den bisherigen Zwängen und Normen der Gesellschaft. So saß er am Ufer der Seine, dachte über sein Leben nach und wie es denn wohl weitergehen sollte, gab freundlich Antwort, wenn man ihn ansprach, vermittelte aber den Eindruck, daß er Zeit für sich selbst haben müsse, was man auch respektierte. Stundenlang schaute er auf die vorüberfahrenden Schiffe voll fröhlich lärmender Touristen, auf den vorüberrauschenden Strom der Seine und fragte sich, was er wohl tun müsse, damit sein Leben nicht wie die Seine an ihm vorüberrausche. Inzwischen war ihm ein kräftiger Vollbart gewachsen, und er fühlte den Zeitpunkt gekommen, sich unerkannt in die Stadt zu wagen, um dort als Balladensänger sein Brot zu verdienen. So könnte er sich für die Verköstigung, die ihm bisher ohne Gegenforderung von den Clochards gewährt wurde, revanchieren. Er wendete sein teures Sakko von Cardin, zog es dann mit ärmlich wirkender Kehrseite an, bekleidete sich mit einem roten Kopftuch nach Piratenart und placierte sich mit seiner Gitarre vor den teuren Boutiquen, wo er die reichen Damen nach ihren orgastischen Einkäufen mit mittelalterlichen Balladen von Liebe, Tod und Leid entzückte. Sie dankten es ihm mit großzügigen Spenden, wohl auch, weil sie merkten, daß sie es nicht mit irgendeinem Bettler, sondern mit einem brillanten Gitarristen und Sänger zu tun hatten, möglicherweise mit einem schon prominenten, der sie nur fürs Fernsehen auf die Probe stellen wollte, oder zumindest mit jemandem, dessen Ruhm nicht mehr aufzuhalten sei. Auch war er auf Befragen schlagfertig und ließ umfassende Allgemeinbildung sowie Kenntnisse in Literatur und Philosophie durchblicken.

Es handele sich hier nicht um irgendeinen, sondern um einen hochstehenden Menschen, der von einem Geheimnis umgeben sein müsse, so meinte man und nannte ihn den »einsamen Barden«, der den Damen der Gesellschaft bald willkommenen Gesprächsstoff für ihre Kaffeekränzchen bot. Ihre wilden Spekulationen bezüglich seiner Person waren bald nicht mehr zu überbieten, man schloß Wetten ab, wer es wohl herausfinden würde, wer der mysteriöse Fremde sei, allein, er hütete sich, das Geheimnis zu lüften. Sie machten sich schließlich einen Spaß daraus, ihn mit kniffligen Wissensfragen aus der Reserve zu locken, um so wenigstens seinen Beruf zu erfahren, denn nur Balladensänger allein, das konnte er wohl nicht sein. George jedoch setzte sie jedesmal mit seinen klugen Antworten in Verblüffung, sein profundes Allgemeinwissen kam ihm jetzt zustatten. Persönliche Liebesangebote lehnte er ab.

Er war zufrieden mit diesem Leben, hatte keine Not, fühlte sich bei den Clochards und den Brüdern wie zu Hause. Den Abbé sah er als väterlichen Freund an, der ihn immer öfter um Mithilfe bei der Versorgung seiner Schäfchen bat, mal sollte er zur reichen Madame Sophie, mal woanders hin, weil der Abbé selbst verhindert war und er wußte, daß George ein Händchen für die Reichen hatte. Bald wurde er Abbés rechte Hand, arbeitete vor allem im Gemüsegarten des Klosters. Abends sank er rechtschaffen müde ins Bett und fand sofort erholsamen Schlaf, wohl wissend, daß seine Arbeit für seine hungrigen Mitbrüder und Leidensgenossen Anerkennung gefunden hatte. Er war immer öfter beim Abbé, fand in ihm einen erstaunlich belesenen Gesprächspartner, mit dem er über Gott und die Welt reden konnte und der täglich mehr seine Bewunderung gewann. Er hätte Hochschulprofessor oder sonst was werden können, aber nein, was tat dieser stille, bescheidene Mann? Verzichtete er doch auf Ruhm und Ehre, gab sein eigenes Gehalt und vor allem sich selbst ganz in den Dienst seiner armen Mitmenschen. Immer häufiger blieb George in der Nähe des Abbés, arbeitete und meditierte wie die anderen Brüder im Kloster, war in einem Zustand innerer Emigration, der Wunsch, ein solches Leben wie der Abbé zu führen, nahm Gestalt an, auch hatte er die Freuden des Lebens ja zur Genüge kennengelernt, so daß er darauf gerne verzichten konnte.

Immer öfter war er beim Abbé als bei den Clochards, schlief auf der einfachen Pritsche in der Mönchszelle. Um sechs Uhr morgens stand er auf, ging nach der Messe zur Arbeit in den Garten, dann besuchte er mit dem Abbé die Reichen der Stadt, um Spenden für die Armen zu erbitten. Wenn der Abbé verhindert war, sollte George das Mittagessen für die Clochards austeilen, was er als Auszeichnung empfand. Bald wurde er zur rechten Hand des Abbé, der geregelte Tagesablauf brachte auch innere Ordnung in sein so chaotisches Leben. Vom Abbé war er fasziniert, erstmals hatte er das Gefühl, daß ihm die Weisheit des Lebens ohne Zwang vermittelt würde, mehr und mehr war er bereit, dem Abbé zu folgen, zumal er in ihm einen Menschen sah, der ihm ohne Eigennutz half, im Gegensatz zu der autoritär-dirigistischen und auch sonst vereinnahmenden »Liebe« der First Lady und Susans. Er wußte wohl, daß er für den Frieden im Kloster den Preis zahlen mußte, den weltlichen Freuden des Lebens zu entsagen. Diese Konflikte wurden gelöst durch den Frühling in Paris. Die Luft war samtweich, die Natur erwachte, die Tiere kamen aus ihrem Winterversteck. Ebenso erwachten die Frauen von Paris wie auch der ganzen Welt zu neuem Leben. Sie holten wie jedes Jahr ihre farbenfrohen, kecken Kleidchen aus dem Schrank und bemühten sich nach Leibeskräften, ihre weiblichen Vorzüge ins rechte Licht zu rücken. Aus der Lethargie des Winterschlafes erwacht, richteten sie sich auf wie die Blumen dem Licht der Sonne, dem Leben entgegen, das heißt der Liebe natürlich, was sonst? So gingen sie mit hautengen Kleidchen, wiegenden Hüften und wippenden Brüsten die Champs auf und ab. Scheinbar nonchalant, jedoch in ständiger

Erwartung, daß dieser teils narzißtische, dennoch auf Stimulation des Mannes ausgerichtete Mechanismus jemanden zu Avancen animieren würde. Aus dem vermeintlichen Jäger und Eroberer würde im Laufe der Zeit oft genug nur ein weiteres Opfer auf dem Altar ihrer Schönheit. Sie wurden abhängig und »Leibeigene«, deren Dienste die »Schöne« ein Leben lang sicher sein konnte. Anders die Frauen, die ständig auf Bestätigung ihrer Schönheit angewiesen waren, weil sonst ihr »Ego« mangels eigenen Selbstbewußtseins verhungern würde. So glaubte er jedenfalls, nachdem er sich selbst bisher als Opfer erlebt hatte. Es schien, als ob die Natur ein übriges und letztes tat, um ihn sich seines wahren Ichs bewußt werden zu lassen.

Er fuhr in die Stadt, um in den Hallen Gemüse zu kaufen. Die Metro war gerammelt voll, die meisten mußten stehen. Vor ihm ein frisch blondes Mädchen, wahrscheinlich aus Schweden, Figur makellos, mit ausgeprägten sekundären Geschlechtsmerkmalen. Sie musterten sich erst verstohlen, dann immer direkter und standen sich Aug in Aug gegenüber, beide dachten das gleiche. Plötzlich bremste der Zug, alle Fahrgäste mußten sich wohl oder übel aneinander festhalten, wollten sie nicht umfallen. Er prallte mit der Schwedin Christiane, so stellte sich später seine Nationalitätsdiagnose als richtig heraus, unversehens und mit voller Heftigkeit zusammen. Er spürte fast jeden Millimeter ihres Körpers, natürlich das, was ihn vor allem weiblich machte. Ihr erging es genauso, und für diesen Augenblick erkannten sie sich als Mann und Frau, deren naturgemäßes Streben nur darin bestehen könne, sich zu suchen und zu vereinigen, wenn man die Phrasen und Floskeln der gesellschaftlichen Konvention einmal beiseite läßt, die dennoch einzig und allein diesem endgültigen Ziel dienen. Zu allem Überfluß verlor sie auch noch die zahlreichen Pakete, so daß er sich bücken mußte, was sie gleichzeitig auch tat, und er nicht umhin konnte, beim Bücken einen begehrlichen Blick auf ihren üppig provozierenden Busen zu werfen, von dem überdies noch ein betörender Duft ausging.

»O, sorry«, hauchte sie leicht errötend, wohl ahnend, daß ihre triebhaft animalischen Impulse nicht »convenable« waren für ein junges Mädchen aus einer puritanischen Quäkerfamilie, er beschwichtigend hingegen und wohl ihre geheimen Gedanken erahnend: »Doesn't matter, a votre service«, dabei wirkte er schüchtern, wohlwissend, daß ihm die flammende Röte seiner verbotenen Begierde im Gesicht geschrieben stand.

Eine fremde Stimme, die er wider Willen als seine eigene erkennen mußte, hörte er dann zu seiner Verwunderung sagen: »Meine Hilfe ist doch wohl einen Kaffee wert?«

»O ja!« hauchte sie, ihm kam es dabei vor, als ob die Glocken zur Messe läuteten und fühlte sich seltsam entrückt in eine andere Welt, in der er zugleich sich unwiderruflich eingestehen mußte, daß er noch nicht so ganz den weltlichen Dingen entrückt war, wie er gedacht hatte, noch schlimmer, daß er dieser Faszination wohl hoffnungslos verfallen sein würde. Und zwar für immer. Er ging mit ihr auf die Champs, dennoch erschreckt von der Wahrheit des Augenblicks, hörte ihr aufmerksam zu, wie sie von ihrem Leben in Stockholm erzählte, sie in Paris noch keinen »Ami« gefunden habe, was er als sanfte Andeutung verstand. Er selbst zögerte jedoch, berichtete nur vage, daß er sich selbst finden müsse, fern von den Irritationen dieser Welt, wahrscheinlich Komponist werde, sie ihn zu jeder Zeit im Kloster anrufen könne, aber vorerst zu keiner Beziehung in der Lage sei. So schieden sie wie zwei gute Freunde.

Als er das Arbeitszimmer und gleichzeitig einziges Refugium des Abbé betrat, hatte er sogleich ein schlechtes Gewissen, wußte er doch, daß dieser große Hoffnung auf ihn setzte und hoffte, daß er endlich einen Nachfolger gefunden hatte. Doch hatte ihn nicht der Abbé selbst gelehrt, daß man nicht nur die

Wahrheit sagen, sondern auch nach ihr leben solle? Er faßte Mut, trat näher, sogleich umgab ihn die süßlich betörende Duftwolke der ihm ja nun sattsam bekannten Havannazigarren, an deren Geruch er sich als Nichtraucher wohl nie gewöhnen würde. Den Abbé selbst sah er zunächst nur wie unter Nebelschwaden einer Rauchwolke. Je näher er auf den uralten Mahagonischreibtisch zutrat, um so deutlicher sah er das feinsinnige Ästhetengesicht des Abbé, der wie üblich, selbst um Mitternacht, mit seiner Habilitationsschrift über alte Kirchengeschichte beschäftigt war, über uralte Folianten gebeugt, dabei genüßlich hin und wieder an der Havannazigarre ziehend.

»So spät noch bei der Arbeit?« fragte er den Abbé.

Dieser blickte ihn mit feinem Lächeln an, wie es überhaupt seinem gefühlsmäßig verhaltenen und disziplinierten Wesen entsprach, und seufzte: »Ich muß wohl, mein Sohn. Nach der Habilitation hoffe ich, Dozent für Kirchengeschichte zu werden, dadurch hätte ich Mehreinnahmen und könnte mehr für die Bekämpfung der Armut tun. Was hast du auf dem Herzen?«

»Es tut mir leid, ihren Erwartungen nicht zu entsprechen, ich glaube jedoch, daß ich meine wahre Bestimmung gefunden habe«, antwortete George. »Schon seit Tagen quälen mich die Fernsehberichte, aus denen hervorgeht, welch sozialem Abstieg mein Volk entgegengeht, und zwar durch korrupte Politiker. Ich habe ein schlechtes Gewissen, wenn ich mich ständig der Verantwortung entziehe, vor allem, weil ich als Präsident mir meiner moralischen Verantwortung bewußt wäre. Das Wort ›Altruismus‹ habe ich in seiner eigentlichen Bedeutung erst von ihnen kennengelernt, die praktische Anwendung dessen würde ich öffentlich demonstrieren. Die heutige Begegnung in der Metro mit dem anderen Geschlecht hat aber den letzten Ausschlag gegeben, den neuen Lebensweg zu beschreiten, diese weltlichen Freuden würden auf Dauer eine zu große Versuchung darstellen. Es ist sicherlich besser, daß ich ihnen beizeiten meine Grundeinstellung offenbare, als daß ich später als Ordensmann versage und ihnen noch mehr Enttäuschung zufüge. Für das, was sie für mich getan haben, werde ich ewig dankbar sein.«

»Wenn du jetzt gehst, geht wieder ein Leben weiter, tue das, was du tun mußt, auf diesem Platz wirst du sicherlich viel mehr für die Menschen tun können, als wenn du dich hier wie ein Maulwurf in dieser Höhle der Geborgenheit verkriechst, mit dem ständig schlechten Gewissen, daß du dich vor der Verantwortung gedrückt hast. Gehe in Frieden, mein Sohn, und erfülle deine Pflicht deinem Volk gegenüber.« Entgegen seinen sonstigen Gewohnheiten stand er sogar auf und umarmte George.

Am nächsten Morgen offenbarte sich George auch seinen Freunden, den Clochards, sie alle umarmten ihn zum Abschied mit Tränen in den Augen, sie freuten sich mit ihm, daß es wieder einmal jemandem gelungen war, der Endstation des Lebens ade zu sagen und den Zug in entgegengesetzte Richtung zu nehmen, zurück in ein geordnetes Leben mit Liebe, Arbeit, Freunden.

Sein väterlicher Mentor François sagte zum Schluß: »Ich wußte immer, daß du etwas Besonderes warst, ich selbst schaffe es wohl nicht mehr, aber gehe du stellvertretend und an meiner statt, erhebe dich wie Phönix aus der Asche und fliege zum Licht des Lebens, vergiß uns aber nicht, denn alle Clochards sind nicht Abschaum und der Bodensatz des Lebens, wie viele unverschuldet in diesen Sumpf geraten sind, weiß du doch jetzt auch.«

Daß ein anderer als George die Bestimmung des Phönix erfüllen würde, konnte damals niemand ahnen.

George stimmte aus vollem Herzen zu und versprach, ihnen

Hilfe zu schicken, sobald er wieder zu Hause Fuß gefaßt habe. Als nächstes rief er Susan an, teilte ihr mit, er kenne jetzt seinen Weg und habe sich wieder gefangen. Ob sie mit nach New York fliegen wolle. Natürlich wollte sie, bat ihn aber noch zu einem festlichen Diner, um seine Rückkehr in die Welt zu feiern.

Die restlichen Stunden bis zu seiner Ankunft war sie dann fieberhaft beschäftigt, den Abend vorzubereiten. Dabei ging es weniger um das Menü, als vielmehr darum, ihre Weiblichkeit ins rechte Licht zu rücken. Ihr raffiniertes Kleid, welches ihren Busenansatz bis zur äußerst möglichen Schicklichkeitsgrenze freigab und zwei Handbreit über den Knien abschloß, war bestens dazu geeignet, eindeutige erotische Signale auszusenden, besonders, wenn sie die Beine übereinander kreuzte, ihr Kleid scheinbar unbeabsichtigt noch höher rutschte und das Territorium jenseits ihrer netzbestrumpften Schenkel hinein in eine Handbreit nacktes Land freigab. Gedämpftes Licht, dezente Musik, zum Essen eine Flasche Veuve Clicquot sollten ihre Wirkung nicht verfehlen, so glaubte sie. Jetzt oder nie müßten die Grenzen des nur Freundschaftlichen überschritten, das Land der Liebe auf erotischem Wege betreten werden und die Verbindung zustande kommen, so wie es ja von den Eltern geplant war.

Als George den Raum betrat, bemerkte sie sofort die Veränderung, die mit ihm vorgegangen war. Er wirkte seltsam in sich gefestigt wie ein Mann, der wußte, was er wollte, dabei dennoch und unübersehbar mit einem Anflug von Melancholie in den Augen, so als ob er sich der Entsagung seines künftigen Lebens bewußt sei. Gerade letzteres hätte manch andere Frau zu erotischen, wenn auch letztlich mütterlich helfenwollenden Gefühlen inspiriert, ein Phänomen, welches häufig anzutreffen ist, wenn auch in seiner wahren Identität selten erkannt wird, bei Susan aber in vollem Umfang zutraf.

Ihre Phantasien wurden schnell eines Besseren belehrt, als

George zu reden anfing. Ihr wurde klar, daß dieser ehemalige Playboy ein zielstrebiger Mann geworden war, mit nur einem Gedanken im Kopf, Präsident zu werden und seinem Lande zu dienen. Seine ganze Kraft wolle er zum Wohle seines Landes investieren, seine persönlichen Interessen zurückstellen. Vergnügen sollte nicht mehr die Priorität in seinem Leben einnehmen, sondern Pflicht und Verantwortung. Sie merkte, daß er von der Fata Morgana des ehemaligen Hedonisten abgerückt war und, wenngleich ein idealistisches Ziel vor Augen, dennoch desillusioniert-asketisch und mit dem Kreuz der Entsagung beladen wirkte.

Sie merkte, daß es nicht der richtige Moment war, diese männliche Bastion mit einer Attacke ihrer weiblich-erotischen Reize zu erstürmen, und da sie selbst auch nicht genügend Antrieb und Zuversicht hatte, überwog die Gewohnheit ihrer jahrelangen bisherigen Freundschaft, und sie ließ sich nur allzugern in eine intellektuelle langatmige Diskussion auf dem Terrain von geplantem Studiengang und Karriere verwickeln. Sie ahnte nicht, wie bald und wie von selbst die Hürde, die zu nehmen sie sich gescheut hatte, infolge dramatischer Umstände mühelos überwunden werden und ohne jegliche sorgfältige Planung oder Anstrengung zum Liebeserlebnis führen sollte. Als sich George schließlich wie üblich in alter Freundschaft verabschiedete, zweifelte sie zunächst an ihrer weiblichen Attraktivität, hatte sogar zeitweise ein Gefühl beschämender Unzulänglichkeit, verbunden mit dem ebenso und schon fast zwangsläufig entstehenden Gefühl, sich anderweitig mühelose Bestätigung verschaffen zu müssen, was fürs erste dadurch in Schach gehalten wurde, daß sie die First Lady anrief, über die Rückkehr des verlorenen Sohnes informierte und diese hocherfreut Anerkennung und Dank wie auch ihren Wunsch nach späterer Heirat von George und Susan bekundete.

Am nächsten Morgen bestiegen George und Susan das Flugzeug. Hätten sie gewußt, daß der russische Oberst zwei seiner zu allem entschlossenen Leute mit an Bord hatte, wären sie nicht so frohen Mutes gewesen, vielmehr von Panik ergriffen worden.

Oberst Igor war ein Mann, der kaltblütig und um jeden Preis seine politischen Ziele durchsetzen wollte. Er kannte keine Skrupel, unter vorgehaltener Hand munkelten seine sicher auch nicht gerade zartbesaiteten Untergebenen, daß er selbst seine Großmutter verkaufen würde, um Erfolg zu haben. Nicht umsonst nannte man ihn den Henker von Moskau, wenn er auf seine Art politische Widerstände beseitigte. Mit seinen generalstabsmäßig geplanten Aktionen hatte er es auch geschafft, George wieder auf die politische Bühne zu heben, nachdem dieser durch seine Mesalliance mit Minou in die Versenkung der Bedeutungslosigkeit verschwunden war. Zielstrebig hatte er die Affäre mit Minou beendet, indem er Jean seinen Sonderauftrag befohlen hatte und auf Minou ansetzte. Jean stand seit Jahren im Dienste des KGB, Geheimcode »Latin Lover«. Es blieb ihm ja nichts anderes übrig, da seine Geschwister in Rußland festgehalten und mit Repressalien bedroht wurden, wenn er seine Liebesmission nicht pflichtgemäß erfüllte. Durch das so herbeigeführte Ende der Liebesbeziehung Georges zu Minou war dieser wieder zu einem politisch relevanten Faktor geworden, den der Oberst auf seine Art jetzt schamlos für seine Zwecke ausnutzen wollte.

Mitten über dem Atlantik maskierten sich die zwei KGB-Leute, entsicherten ihre Kalaschnikows und richteten sie auf die verängstigten Passagiere. Sie drohten, jeden zu erschießen, der Widerstand leistete. Zur Verdeutlichung ihrer Entschlossenheit erschossen sie ohne Kommentar zwei ältere Herren und warfen sie aus dem Flugzeug. Kapitän und Copilot wurden im Cockpit niedergeschlagen, der größere von beiden übernahm sogleich das Steuer, während der andere George und Susan ins Cockpit drängte. George bekam ein Blatt Papier vorgehalten, das er der First Lady vorlesen sollte, nachdem deren geheime Telefonnummer angewählt war. Susan wurde währenddessen von dem anderen Piraten in Schach gehalten. Im Text hieß es, beide würden sogleich aus dem Flugzeug geworfen, wenn die Ergebnisse der Raumfahrtexpedition nicht auch den Russen zugänglich gemacht würden und bis dahin nicht auch die Mafiagelder in den USA reingewaschen würden.

Die First Lady stimmte sofort zu, für ihren Sohn war sie ohnehin zu allem bereit. Außerdem konnte ja jeder Vertrag zu jeder Zeit gebrochen werden. Alles schien zunächst planmäßig zu verlaufen, doch der Luftpirat, der bis vor wenigen Tagen noch im Gefängnis wegen Sittlichkeitsverbrechen gesessen und kurzfristig vom Oberst für diesen Sondereinsatz ausgeliehen worden war, mit dem Versprechen der Amnestie versteht sich, schaute Susan die ganze Zeit aus glühenden Augen gierig an. Schließlich konnte er sich nicht mehr beherrschen und grapschte nach ihr. Sie wich aus, doch das schien den Mann noch mehr zu erregen. Er warf sie zu Boden, riß ihr die Bluse auf, streifte ihren Rock hoch, während er über ihr lag mit der Last seines Gewichtes und ihre über den Kopf gehaltenen Handgelenke mit seiner Hand wie mit einem Schraubstock zusammenpreßte. Susan schrie aus Leibeskräften, beide Banditen lachten nur. Als er jetzt zum vermeintlichen Endsieg übergehen wollte, ihre Schenkel mit den seinen spreizte und mit einem letzten Ruck ihren Slip herunterreißen wollte, sah George nur noch rot. Er wußte, daß er sein Leben in unvernünftiger Weise aufs Spiel setzte, gegen die Macht der Waffen hatte er doch wohl keine Chance, er hätte es auch mit seinem Intellekt auf dem Wege der Diplomatie versuchen sollen, das wußte er mit einem letzten Rest von Bewußtseinsklarheit, die jetzt jedoch mit einem rasend schnellen Aufzug in das Dunkel des Unbewußten hinabsauste, dafür das triebhaft Animalische ebenso schnell nach oben kam und gänzlich von ihm Besitz ergriff. Nur der archaische Urtrieb erfüllte sein Gehirn, beherrschte sein ganzes Denken, Fühlen und Handeln, ließ ihn praktisch wieder zum Tier werden. Mit einem markerschütternden Schrei, der nichts Menschliches mehr an sich hatte und an tierische Urlaute erinnerte, getränkt mit der ganzen Qual hilfloser Kreatur und daraus notwendigerweise hervorgehend blindwütiger Aggression, richtete er sich aus der erzwungenen Kniehaltung auf. Alle Passagiere erzitterten bei diesem Todesschrei, ebenso der Killer, der sich gerade zum letzten Akt seines Vorhabens anschickte.

Ungläubig staunend sah der Pirat eine wutverzerrte Fratze, die ihn da ansprang, seine Kalaschnikow wie ein Kinderspielzeug wegfegte. Dabei entluden sich einige Schüsse, die das Cockpit und die Frontscheibe zerfetzten. George kümmerte sich nicht um das grell pfeifende Geräusch, das die einströmende Luft verursachte, sondern zerfetzte die Körper der Piraten mit einer Salve von Schüssen.

Als er sah, daß das Flugzeug jetzt ohne jegliche Steuerung war, schaltete er das Notrelais seines Verstandes ein, schließlich hatte er auf Sportmaschinen fliegen gelernt. Diese Notsituation konnte er nur mit verstandesmäßig angelerntem Wissen bewältigen, so wechselte er schnell und übergangslos die beiden Pole seiner Persönlichkeit. Er hatte sich jetzt um die Navigation zu kümmern. Laut Karte lag die Küste noch zweihundert Kilometer entfernt. Vor ihnen lag das Urwaldgebiet des Amazonas. Zu allem Überfluß schmierte die Kiste langsam ab und war kaum zu halten. Susan versuchte, die Passagiere zu beruhigen, eine Panik war das letzte, was sie gebrauchen konnten. Einige von ihnen schrien hysterisch. Andere wiederum weinten still vor sich hin, andere nahmen ihr Schicksal nur hin und beteten. Schließlich sah George Land und verkündete es sogleich, was das Geschrei aus dem Passagierraum jedoch nur verschärfte. Unter ohrenbetäubendem Lärm und mit brennenden Motoren stürzte die Maschine in das unübersehbare Dickicht des Dschungels. Das Flugzeug brannte lichterloh. George und Susan sprangen sofort heraus, selbst in Todespanik und mit brennenden Kleidern, halb ohnmächtig, nur noch den alles beherrschenden Gedanken im Kopf, ihr eigenes Leben zu retten. Sie hasteten noch circa fünfzehn Meter vorwärts, bis eine riesige Explosion sie im Laufen niederwarf. Keuchend vor Erschöpfung wandten sie ihre Köpfe rückwärts und konnten ihre Augen von den Flammen des Infernos nicht abwenden.

Die übrigen Passagiere konnten sie nicht retten, soviel war klar. Susan brach in ein verzweifeltes Schluchzen aus. »Ach George«, schrie sie, »alle sterben, und wir können ihnen nicht helfen, mit dir und mir wird es auch bald zu Ende sein. Wir haben doch keine Chance, jemals lebend hier wieder rauszukommen.«

George nahm sie tröstend in seine Arme: »Das werden wir noch sehen«, sagte er grimmig und zuversichtlich zugleich. »Schließlich habe ich bei meiner Militärausbildung auch einen Survivalkurs belegt.«

Es kam ihm selbst fremdartig und ungewohnt vor, daß er erstmals das Sagen hatte. Den unvernünftigen Ausbruch vorhin konnte er sich selbst kaum erklären. Er hatte einige Tiefen seiner Seele kennengelernt, zu seiner Verwunderung hatte das auch ungeahnte Kräfte zum Vorschein gebracht.

»Wir müssen weiter, solange es noch hell ist«, sagte er. »Dahinten höre ich einen Fluß rauschen, dort können wir uns waschen.«

Nach zwei Stunden anstrengenden Fußmarsch kamen sie endlich zum Wasser. Susan bestand darauf, daß er sich zwanzig Meter weiter entkleidete, dennoch konnte er nicht anders, er tat so, als ob er sich entfernte und beobachtete sie hinter dem

Gebüsch. Er verstand sich selbst nicht, nachdem er zuvor heldenhaftes Verhalten gezeigt hatte und jetzt heimlich verstohlen seinem natürlichen Instinkt nachgab, dabei gleichzeitig von dem Schamgefühl anerzogener Zivilisation eingeholt wurde.

Dennoch konnte er seinen Blick nicht abwenden, stand wie hypnotisiert da mit wachsender männlicher Erregung und dachte unwillkürlich an die Venus von Milo. Susan war im Gegensatz zur Statue äußerst lebendig, wie ihre wohlgeformten Brüste bei jeder Bewegung zeigten. Ihr nasser, durchsichtiger Slip ließ mehr ahnen, als er verbergen konnte, modellierte das Dreieck des Venushügels, war im Schritt nach oben verrutscht, so daß ihre runden Pobacken beim nach vorne Bücken in ihrer vollen Schönheit zur Geltung kamen und die Poesie ihrer Linienführung jedem Aktmaler zu ästhetischer Inspiration verholfen hätte.

Der Vorfall im Flugzeug hatte seine Triebe geweckt, er vernahm immer lauter die unverfälschte Stimme seiner Natur. Mühsam kämpfte er gegen den alles beherrschenden Wunsch, sich auf dieses Prachtexemplar von Weib zu stürzen und sie sich einfach zu nehmen, so wie der Luftpirat es versucht hatte.

Im Spannungsfeld zwischen Ratio und Urtrieb stand er wie unter elektrischem Strom, jeder Nerv vibrierte. Der Keil seiner Ambivalenz zwischen Denken, Fühlen, vor allem Handeln blieb unerbittlich bestehen, so wie ein von Menschenhand gebauter Staudamm, der die gewaltige Kraft des Naturelements »Wasser« zu beherrschen vermag, wenn auch nicht immer. Nach kurzem, zähem Ringen gewann die normative, über Jahrtausende hinweg eingeübte Kraft zivilisatorischer Dressur die Oberhand und verbannte seine archaischen Triebe und Instinkte unaufhaltsam in die dunklen Tiefen seines Unterbewußtseins. Dort lagen sie wie ein mühsam gebändigtes Raubtier, bereit in Extremsituation zu voller Kraft und Größe zu erwachen und Alleinherrschaft zu beanspruchen. Einer inneren

Stimme folgend, sprang er in den Fluß und baute seinen so plötzlich entstandenen Energieüberschuß durch langes und kräftiges Schwimmen ab, bis er völlig erschöpft ans Ufer gelangte. Ebenso erschöpft, wenn auch aus seelischer Anspannung der letzten aufregenden Stunden, war auch Susan. Die Nacht hatte ihren dunklen Mantel über den Dschungel gelegt, so daß beide eng aneinander geschmiegt und haltsuchend in einen barmherzigen Schlaf sanken.

Ein lautes Stimmengewirr ließ sie am nächsten Morgen die Augen öffnen. Sie sahen sich umringt von einem Dutzend nur mit Lendenschurz bekleideten Pygmäen, sie fuchtelten mit Lanzen wie auch Pfeil und Bogen wild in der Luft herum, schnatterten mit hellen Kinderstimmen laut und unverständlich durcheinander, blickten aber freundlich. Eine Verständigung war nicht möglich. Sie erkannten auch so, daß die beiden fremden Lebewesen in Not waren und brachten sie nach zweistündigem Fußmarsch durch das unübersehbare Dickicht des Dschungels zu einer Lichtung, auf der zahlreiche Hütten standen. Die Dorfbewohner rannten sogleich aufgeregt palavernd auf die fremden Lebewesen zu und bestaunten sie wie Außerirdische. Nach ausführlichem Abtasten und Beriechen kamen sie wohl zu dem Schluß, daß es sich um eine harmlose Variante »Mensch« handeln müsse, vor allem, weil auch die Jäger, die George und Susan gefunden hatten, voller Stolz umfangreiche und wohl auch wohlwollende Erklärungen zu ihrer »Beute« abgaben.

Auf Georges Zeichensprache hin, die sogleich als Essenswunsch verstanden wurde, gab man ihnen etwas, das gut schmeckte und sich später als Affenfleisch herausstellte. Abends am Lagerfeuer gab es immer noch genügend Gesprächsstoff, bis schließlich das letzte Holzkohlenscheit verglimmte und man ihnen eine Hütte zuwies, die sie mit noch zwei anderen Pärchen teilen mußten.

Nach einigen Tagen lernte George auch, Fische mit dem Speer zu fangen, ebenso mit Pfeil und Bogen umzugehen, und er ging mit zur Affenjagd. Da er schon früher ein erfahrener Jäger war, lernte er schnell und gewann Respekt und Ansehen bei den Pygmäen, besonders dann, wenn er reiche Beute für die Dorfgemeinschaft erlegte. Sie hatten sich zwar in diesen fremden Lebensraum eingeordnet, der Wunsch nach Rückkehr aber war stets gegenwärtig, die Pygmäen schüttelten dazu verständnislos den Kopf, auch war keinerlei Orientierung über ihren Standort möglich. Vom Dorf aus konnte man eine Bergkette sehen, die unterhalb eines mäßig rauchenden Vulkans lag. Susan war sofort begeistert, als er ihr vorschlug, dort oben ein sichtbares Feuer für die Suchflugzeuge zu machen, die sicher pausenlos unterwegs waren.

Als sie schon fast da waren, erschütterte ein gewaltiges Beben die friedliche Stille, Vögel flatterten erschreckt von den Baumkronen hoch, im Dickicht ein Rascheln wild flüchtender Tiere mit ängstlichem Schrei, aus dem Bauch der Erde ein dumpfes Grollen, das immer lauter wurde. Die Bäume knickten um wie Streichhölzer, vor ihnen in nur zehn Meter Entfernung tat sich die Erde auf, Bäume und Erdreich stürzten in gähnende Tiefe, der Vulkan spuckte seine glutrote Lava salvenartig in kurz aufeinanderfolgenden Fontänen zum Himmel.

Todesangst erfaßte jede Kreatur.

So sieht nun das Ende aus, dachten George und Susan zugleich, so unerwartet früh und grausam, dabei haben wir noch nicht einmal etwas voneinander gehabt, eine mögliche Beziehung nicht gelebt. Sie klammerten sich wie zwei Ertrinkende aneinander, suchten, den Tod vor Augen, noch einmal die menschliche Nähe und Wärme des anderen.

Beim nächsten Knall wurde gleichzeitig ein mächtiger Baum entwurzelt, fiel der Länge nach unaufhaltsam mit seiner Krone aus zehn Meter Höhe auf sie zu. George riß Susan, nein, vielmehr schleuderte er sie aus dem Gefahrenbereich weg, warf sich schützend wieder auf sie und rollte, sie fest umschlingend, noch einige Meter weiter. Es war keine Sekunde zu früh. Heftig atmend lag er auf ihr, sie preßte ihn noch mehr an sich, sie fühlten ihre Körper und dachten instinktiv das gleiche: Das ist die letzte Chance, Unterlassenes nachzuholen, wenn unser Leben schon auf diese Art zu Ende gehen muß, dann wenigstens mit dem schönen Abschluß einer Liebesvereinigung. Wie von selbst fanden sich ihre Lippen zu einem langen Kuß, sie erfühlten ihre Körper mit einer Intensität, als ob es das letzte sein sollte, was sie von diesem Leben mit ins Jenseits nehmen würden, wurden schließlich eins, während die Erde bebte. Sie merkten jedoch nichts mehr davon, im Rausch der Sinne hatte sich der gnädige Nebelschleier des Vergessens um die Liebenden gelegt.

Als sie wieder zu sich kamen, war alles ruhig. So schnell wie das Inferno gekommen war, so plötzlich war es auch verschwunden.

»Komm, Susan, wir gehen nach oben, diese Katastrophe ist sicher von der ganzen Welt bemerkt worden, Flugzeuge und Rettungsmannschaften sind unterwegs hierher.«

Als die Hubschrauber zu sehen waren, hüpften und sangen beide vor Freude. Gleich nach der Landung gaben sie sich dem Piloten zu erkennen. Er wollte sie gleich mitnehmen, aber George und Susan gingen mit ihm noch ins Dorf, um zu sehen, ob Hilfe nötig wäre. Dies war nicht der Fall. So verabschiedeten sie sich herzlich von den Pygmäen, die für ihren Wunsch nach Heimkehr Verständnis hatten und zum Abschied noch lange hinterherwinkten.

Während des Fluges hielten sich George und Susan an den Händen, sie waren erschöpft, aber glücklich.

»Das war wohl ein letzter Anstoß von oben, daß wir zueinander finden sollten«, meinte George scherzhaft.

»Endlich!« seufzte Susan, »dann wollen wir uns danach richten, damit wir nicht noch einen weiteren Anstoß von oben provozieren. Unsere Lebensziele werden wir jetzt gemeinsam verfolgen.«

George stimmte zu. Sie ließen sich vom Kennedy-Airport aus in ein stilles verschwiegenes Hotel bringen mit der Order strengster Geheimhaltung. Dort holten sie alles nach, was in den letzten Jahren unausgesprochen und unausgelebt geblieben war. Sie liebten sich so, als ob sie jede verlorene Minute nachholen müßten.

So hatten sie beide nicht nur ihr eigenes Leben geschenkt bekommen, sondern ein zweites neues Leben als Liebespaar. Ihre neue gemeinsame Zukunft konnte jetzt beginnen.

Endlich hielt George die Zeit für gekommen, seinen gesellschaftlichen und familiären Verpflichtungen nachzukommen. Er flog mit Susan zur Familienresidenz, einer riesigen Ranch in Louisiana. Am Flughafen wurden sie von dem offenen Cadillac des Präsidenten abgeholt, der mit Blumenkränzen, wie für ein Brautpaar, geschmückt war und überdies für jedermann unverkennbar die Standarte mit den Insignien des Präsidenten führte.

Bei strahlendem Sonnenschein fuhren sie durch das weite Land, das eines Tages ihm gehören sollte, vorbei an blühenden Obstplantagen, goldgelben Kornfeldern, saftig grünen Wiesen, wo Longhorn-Rinder und Mustangs weideten, wie auch edle Araber, die der Präsident ausschließlich zu Zuchtzwecken verwendete. Die Arbeiter, hauptsächlich Schwarze, sangen dabei ihre melodischen Lieder mit jenem Rhythmus, wie man ihn nur in den Südstaaten kennt, im Einklang mit dem Arbeitsablauf, so daß jeder neue musikalische Takt wie von selbst zum nächsten Handgriff überleitet, Arbeit und Vergnügen untrennbar miteinander verbunden sind. Als die Präsidenten-Limousine an ihnen vorüberfuhr, hörten sie für einen Moment mit ihrer Arbeit auf, wußten sie doch, um welche Persönlichkeit es sich handelte, schrien aus voller Kehle: »Hurray, God bless you«, warfen ihre Strohhüte in die Luft und übten sich im Yankee-Doodle.

Schließlich hielten sie vor dem schmiedeeisernen Eingangsportal, welches mit allen erdenklichen Sicherheitsvorrichtungen ausgestattet war und jedem ungebetenen Gast den Zutritt verwehrte. Die Wachtposten waren bis an die Zähne bewaffnet, salutierten jedoch freundlich und veranlaßten freie Durchfahrt. Auf den letzten fünfzig Metern der mit weißem Kies ausgelegten Zufahrtstraße erhoben sich George und Susan ungeduldig von ihren Sitzen, sahen die Presidents und das Ehepaar Vargas auf der Veranda schon freudig winken. Noch bevor der Wagen zum Stehen kam, liefen sie ihnen entgegen, öffneten persönlich die Türen und schlossen sie voll Rührung und Tränen der Freude in die Arme.

Der verlorene Sohn stand natürlich im Mittelpunkt, auch hatte sich die Hoffnung der Eltern auf eine gemeinsame Verbindung der beiden erfüllt. Nach zwei Stunden persönlicher Begrüßung und entsprechenden Drinks stand die First Lady entgegen ihrer sonstigen Gewohnheit nicht wie eine preußische Offizierstochter da, der man von frühester Jugend an einen Besenstiel unter das ohnehin stramm geschnürte Korsett geschoben hatte, um nicht nur äußerlich kerzengerade dazustehen, sondern um überhaupt in jeder Lebenslage »Contenance« zu wahren. Sie hatte ihr Gefühlskorsett und damit sämtliche Schleusen geöffnet. Sie berichtete in amüsant anekdotenhafter Form und zunehmend melodramatisch über früheste Kindheitserlebnisse ihres Sohnes und gab sie dem allgemein belustigten Gelächter preis. George war zuerst noch erheitert, im weiteren Verlaufe aber eher peinlich berührt und sah nur noch einen Fluchtweg in die offiziellen Verpflichtungen. Dieses

Stichwort genügte der First Lady, sie konnte wie keine andere auf die unsichtbare Umschalttaste ihrer Hirnhälften drücken, den wild galoppierenden Hengst frei flottierender Gefühle mit scharfem Ruck an die Kandare nehmen und zu diszipliniertem Dressurreiten hinein in das Reich rational kritisch-abwägender Logik und daraus resultierender Handlungsnotwendigkeit lenken.

Wie bei einer guten Schauspielerin straffte sich nicht nur ihr Körper aus schlaff-entspanntem Muskeltonus zu würdevoller Haltung, sondern auch die unsichtbaren biochemischen Nervenzügel ihrer logischen Gedankenketten. So trat sie an die zwanzig Meter lange weiße Veranda und verkündete voller Stolz vor circa hundert handverlesenen Persönlichkeiten des öffentlichen Lebens die offizielle Verlobung ihres Sohnes mit Susan.

Auf Wunsch der First Lady waren alle Gäste im Westernlook erschienen, dementsprechend wurde auch das Fest in diesem Genre gefeiert, entsprach es doch dem Herzenswunsch des Präsidenten, der selbst ein alter Texaner war, zu Hause gerne Stetsons trug und gerne an die Zeit zurückdachte, als er für's Schulgeld mit anderen Cowboys Rinder auf die Weide treiben mußte. Damals war er zwar ein Niemand, armer Tagelöhner Sohn. Die Familie mit sechs Kindern hatte gerade genug, um ihren bescheidenen Lebensunterhalt mit dem Zubrot der Kinder zu fristen. Heute war er Präsident, verheiratet mit der reichsten Frau Amerikas, doch schien es ihm oft, als ob die damals karge Jugend trotzdem die schönste Zeit seines Lebens gewesen wäre. Bei den ersten Klängen der Countrymusik glitt schließlich ein erstes Lächeln über seine Lippen, er dachte wieder an die alten Zeiten, suchte gezielt nach Landsleuten, mit denen er ein breites Texanisch sprach, sich auch nicht nach Wirtschaft und Politik, sondern eher nach Ernte und Vieh erkundigte. Hätten die Leute es nicht besser gewußt, hätten sie ihn für einen der ihren, einen um das alltägliche Wohl und Wehe der Rancher besorgten Leidensgenossen gehalten.

Westernmusik wurde gesungen, gefiedelt und getanzt, beim Square Dance tanzten und traten verschiedene Gruppen auf. George und Susan fädelten sich geschickt ein und wurden bereitwillig mit einem breiten »Hurra« aufgenommen. Die Tische bogen sich unter der Last kulinarischer Genüsse, mehrere Ochsen wurden am Spieß gebraten, an den Getränkebars gab es alle erdenklichen Sorten für jeden auch noch so ausgefallenen Geschmack. Darüber hinaus war die weiß livrierte, mit goldenen Epauletten geschmückte schwarze Dienerschaft von den Gastgebern dazu angehalten worden, jedes Glas sofort neu zu füllen und mit Argusaugen darüber zu wachen, daß die Gäste ihrem »servilen Charme« erliegen würden.

Nur zu gut wußte die First Lady, nicht nur den politisch-opportun zur Schau getragenen, sondern auch den psychologisch wirklich relevanten Strömungen des Volkes und in diesem Fall repräsentativer Gäste und elitärer Meinungsträger Rechnung zu tragen.

Sie wußte trotz gegenteiliger Lippenbekenntnisse, daß gerade die devote Haltung schwarzer Dienerschaft bestens dazu geeignet war, dem uneingestandenen Herrschaftsbewußtsein politisch oder wirtschaftlich arrivierter Weißer zu schmeicheln, ihrem geistig-sublimierten und dennoch unausrottbaren Überlegenheitsstreben neue Nahrung zu geben, aus welcher Wurzel dieser so kompensierte Minderwertigkeitskomplex auch immer entstanden sein mochte.

Sie beendete nun erneut das Abgleiten ihrer Gedanken in das Reich frustraner Spekulation und Gefühle, schließlich war es ihr ein Leben lang nicht gelungen, mit solchen Gefühlsqualitäten sensibel und souverän umzugehen, lieber bewegte sie sich auf dem sicheren Territorium praktischen Handelns. Sie gab ihre letzten Direktiven an die Leute von Presse, Funk und

Fernsehen und gab schon im Vorfeld entsprechende Statements ab. Die ganze Nation hatte schließlich an den Ereignissen teilgenommen und um die endlich geretteten »Hoffnungsträger der Nation« gebangt.

Die Kontinuität der Regierung schien wieder gesichert, der designierte Nachfolger präsent.

So war es auch nur selbstverständlich, daß er mit seinen früheren Privilegien, konkret mit einer großzügigen Apanage, ausgestattet wurde.

Als Verlobungsgeschenk erhielt er ein hochherrschaftliches Landhaus im Kolonialstil. Es war ganz in weißem Holz und erinnerte sofort an die Zeiten von Onkel Tom und an den nostalgischen Glanz südstaatlicher Herrlichkeit.

Eine riesige, von weißen Säulen getragene Empfangshalle bot großzügig Einlaß, Partyräume im Seemanns- oder Westernlook, Swimmingpools, ein großer japanischer Garten mit Holzbrücken über sanft rauschende Bäche, als Kontrapunkt Palmen am künstlich angelegten weißen Sandstrand, bildeten das Kernstück eines gesellschaftlichen Ambientes, in welchem Repräsentation ein unabdingbares, aber doch möglichst nonchalantes lustvolles Muß darstellen sollte.

Zufluchtsort für George war sein Jagdzimmer mit den Trophäen ferner Kontinente. Es enthielt eine umfangreiche Bibliothek mit vielen Unikaten der Weltliteratur sowie einen großen runden Mahagonitisch, bestens geeignet für Würfel- oder Pokerspiele. An einer mit Hickoryholz getäfelten Wand befand sich ein offener Kamin, davor lagen selbsterlegte Tiger- und Eisbärfälle. Auf ihnen diente ein konkav nach oben gelegter Schildkrötenpanzer als Tisch, gestützt von Elefantenstoßzähnen. Mehrere handgefertigte Ledersofas in burgund oder hellrot boten genügend Platz für eine gesellige Männerrunde. Alles in diesem Raum hatte eine unverkennbar männliche Note. Allein schon die mit antiken Waffen, vorzugsweise spanischen

Duellpistolen bestückten Wände reizten jeden der vom Smalltalk genervten, zur Toilette flüchtenden Männer, durch die breit geöffnete Tür in das Paradies männlicher Sehnsüchte zu treten. Scheinbar nur mit der harmlosen Frage nach diesem Colt oder jener Winchester folgten sie allzugerne der Einladung, die ihnen von der kumpelhaft raubbeinigen Pokerrunde zuging. Dort ging es nicht ums Geld, davon hatten die meisten genug. Es ging um Gespräche, wie nur Männer sie führen können, wenn sie sich von der Bürde weiblicher Zensur befreit fühlen. Hier durften sie laut und ungestraft fluchen, wenn ihnen danach war. Selbst die besten Freunde traktierten sich gegenseitig mit drastischen Ausdrücken und Frotzeleien. Zum völligen Unverständnis manchmal anwesender Ladies quittierten die Gentlemen solch scheinbare Attacken mit befreit herzhaftem Gelächter. Offensichtlich waren sie geradezu froh darüber, jemanden Gleichgesinnten gefunden zu haben, der ihre Bedürfnisse nach burschikoser Rangelei und Kräftemessen erwiderte.

Neben Politik und Wirtschaft ging es auch um »Schöngeistiges«, ebenso aber um aggressive Sportarten, bis hin zur Kriegsführung, was verborgene männliche Instinkte wenigstens verbal zu befriedigen vermochte. Ohne den oktroyierten Verhaltenskodex ihrer »Zensurinstanz« verhielten sie sich wie ungestüme Fohlen, die noch nicht wußten, daß sie eines Tages vor den »Pflug« gespannt und in den »Ernst des Lebens« eingereiht würden. Mit unverhohlener Lust diskutierten sie ihre Lieblingsthemen, zu denen natürlich auch das Mysterium des weiblichen Geschlechts gehörte. An zweideutigen Formulierungen fehlte es nicht, auch bemühte man sich mit Erfolg, anscheinend leeren Worthülsen zu eindeutig erotischem Inhalt zu verhelfen.

Ihre einfachen Witze wie auch geistig anspruchsvolleren Wortspiele und Persiflagen nahmen nur zu gerne das hier in der Männerrunde erlaubte Ziel ins Visier: das ewig Weibliche, an sich und im besonderen. Ein schier unerschöpfliches Thema, das auch trotz ständiger Wiederholungen nichts von seiner Attraktivität verlor. Die ungezwungen freie Atmosphäre ließ selbst hochrangige profilierte Persönlichkeiten zu ihrem wahren männlichen Wesenskern zurückfinden, sie nannten unverblümt die »Dinge« beim Namen und gefielen sich im spielerischen Kampf mit ihresgleichen.

Eine »conditio sine qua non« war freilich das Türschild mit der Aufschrift »For Gentlemen only«. An der Schwelle zum Herrenzimmer konnten gesellschaftliche Zwänge samt ihrer pseudomoralisch übertünchten Grundlage je nach Geschmack abgestreift werden.

Die plötzlich so lustvolle Gefühls- und Verhaltensänderung zeigte deutlich, wie froh man war, das Ventil unterdrückter männlicher Bedürfnisse öffnen zu können. Dieses Phänomen verschwand so schnell, wie es gekommen war, wenn die Ehefrau oder Freundin nach langer Suche den »Vermißten« wiederfand. Mimik, Gestik und sprachlicher Ausdruck wechselten entsprechend anerzogener Konvention. Die Männer wurden wieder zu Herren. Wie gezähmte Raubkatzen und ohne jeglichen »Biß« ließen sie sich, wenn auch widerwillig, aus dem männlichen Revier ihrer Artgenossen herausführen.

Die erste Euphorie verblaßte mit dem Ende der Wiedersehensfeierlichkeiten und dem Beginn des Alltags- und Berufslebens. Zunächst verlief auch alles wie geplant. George besuchte die Vorlesungen in politischen Wissenschaften und Staatsrecht, sein Steckenpferd waren natürlich die Theaterwissenschaft und die künstlerischen Workshops mit praktischen Übungen. Susan war verantwortliche Redakteurin des Kulturfeuilletons, unterrichtete an der Kunstakademie, war auch sonst stets präsent durch ihre Vernissagen.

Die ihnen persönlich zur Verfügung stehende Zeit wurde
jedoch zunehmend weniger, je länger die Gästeliste wichti-
ger Persönlichkeiten wurde. Susans Hauptanliegen war seine
Karriereplanung. Nach den Vorlesungen strukturierte sie den
Rest des Tages, sie suchte sogar seine Kleidung täglich aus,
wenn auch unter zunehmendem Protest seinerseits. Er lief am
liebsten im Cowboylook herum. Statt den freien Nachmittag
auf der Weide bei seinen Rindern und Zuchtpferden zu verbringen, mußte er seinen gesellschaftlichen Verpflichtungen
im standesgemäßen Outfit nachkommen. Regelmäßig gab es
zu Hause Parties mit dem üblichen Diplomaten-Smalltalk, der
fassadenhaft oberflächlich blieb und tiefergehende gefühlsmäßige Kontakte mit geistig-seelischem Tiefgang zielsicher um-
schiffte.

Es war ein offenes Geheimnis der damaligen Gesellschaft,
schwierig, da konfliktträchtig und so simpel zugleich, daß der
Geheimcode für die Akzeptanz im Kreise der Arrivierten und
damit der Garant für Erfolg lautete: »Keep smiling, be happy,
problems are strictly forbidden«, auch wenn die Bank nächste
Woche den Gerichtsvollzieher schicken will, um sich deinen
angeblich milliardenschweren Konzern einzuverleiben, samt
den Wolkenkratzern in der City, architektonische Wunder aus
Stahl und Glas mit Tausenden von Angestellten, die nichts
von der drohenden Arbeitslosigkeit ahnen, solange du noch
deinen Rolls-Royce fährst, rauschende Parties in deiner Villa
in Manhattan und auf deiner Luxusyacht in der Karibik geben
kannst, um den Schein aufrechtzuerhalten und doch noch den
rettenden Geschäftsabschuß und Anschlußauftrag an Land
zu ziehen.

John Milton war ein exemplarischer Vertreter dieser Gesellschaft, ein etwa fünfundsechzigjähriger soignierter Herr mit
weißem Dinnerjacket, schlohweißem fülligen Haar, sorgfältig
gestutztem Menjoubärtchen, lässig die 100 $ Havannazigarre

in der Linken, damit man auch die demonstrativ vorgestreckte Rechte mit der Rolex sehen konnte. Er pflegte würdevoll sein Image als Öl- und Stahlbaron nach Art eines altspanischen Granden.

Wen sollte es wohl auch in dieser ausschließlich um Selbstdarstellung bemühten Gesellschaft kümmern, daß seine nur um fünf Jahre jüngere Frau das Schwelgen im scheinbar materiellen Überfluß satt hatte, dem unverbrauchten Charme des schwarzgelockten, dreißigjährigen, glutäugigen italienischen Gärtners erlag, der sie nunmehr, dem Mafiaruf als Papagallo folgend, in ein entlegenes Dorf Siziliens entführte, um von dort aus Lösegeld zu erpressen.

Vier Wochen waren inzwischen vergangen, auch er hatte Vergessen gesucht, im Alkohol wie auch in flüchtigen Sexabenteuern mit Girls, die sich von ihm einen sozialen Aufschwung erhofften. Der vermeintliche Wiederaufbau seines angeschlagenen Selbstbewußtseins durch jüngere Geliebte, die ihn scheinbar anhimmelten, zu ihm als Mann heraufsahen, blieb jedoch aus. Nach der mechanischen Abfolge des »Liebesaktes« ohne seelischen Inhalt verblieb ihm ein Gefühl unendlicher Leere, nach den wenigen Sekunden Orgasmus landete er mit brutaler Härte auf dem Boden der Realität, die zunächst nur nach Liebesbestätigung heischenden Blicke und Fragen drifteten zunehmend ab in profitorientierte Zukunftsvisionen, die keinen Zweifel an der ursprünglichen, bis dato erfolgreich kaschierten Intention ließen.

So saß er schließlich weit entfernt vom hektischen Treiben der Party zusammengekauert auf einer Holzbank, seine sonnengebräunte Hand umklammerte das letzte Glas Chivas Regal wie einen Rettungsanker so heftig, daß seine Knöchel weiß hervortraten. Er blickte aus trübsinnig leeren Augen auf den still plätschernden Bach vor seinen Füßen, immer stärker wurde der Gedanke, seinem Leben ein Ende zu bereiten.

Wie automatisch holte er seine Browning aus der Tasche, richtete sie gegen seine Schläfe, plötzlich fröstelte er unter dem kalten Hauch des Todes, trotz der sengenden Mittagshitze, und er zögerte. Dieser kurze Moment des Innehaltens dürfte ihm wohl das Leben gerettet haben. Ein glücklicher Zufall wollte es, daß George sich vom Party-Smalltalk erholen mußte und auf dem Weg zu seinem Lieblingsplatz war. So sah er John Milton in seiner desolaten Situation, begriff sofort deren tödliche Dramatik, rannte die letzten Schritte und entriß ihm die Waffe.

»Warum nur John, warum? Du hast doch alles!« schrie er.

Dieser brach in Tränen aus und schilderte dann seine verfahrene Situation. Um seinen Konzern zu retten, brauche er einen Regierungsauftrag und zu dessen Durchführung einen Kredit von zehn Millionen. George versprach, für beides zu sorgen, holte auch sofort ein Scheckbuch heraus und gab ihm die zehn Millionen.

»Das ist die Hälfte der Mitgift, die meine Mutter mir gegeben hat. Gib dir also Mühe.«

John war überwältigt vor Freude. »Das werde ich dir nie vergessen, George«, sagte er. »Ich mache mich jetzt gleich an die Arbeit!«, und er eilte weg, nicht ohne sich vorher überschwenglich verabschiedet zu haben.

Als George jedoch Susan über den Vorfall berichtete, hatten sie ihren ersten Streit.

»Die Mitgift war auch für mich bestimmt!« meinte sie. »Du hast darüber verfügt, ohne mich zu fragen!«

George vertrat dagegen mit aller Vehemenz die Ansicht, die Mitgift stamme aus seinem Familienbesitz, er könne also nach Gutdünken darüber verfügen. Damit habe er John vor dem Verderben gerettet, schließlich habe er als Kind auf den Knien des alten John gesessen, dieser sei auch immer wie ein Vater zu ihm gewesen.

In der Folgezeit wandte er sich immer mehr seinen alten Armeekameraden zu, veranstaltete häufig Pokerabende mit reichlich Whisky. Sie sangen dann zu vorgerückter Stunde manche alten Waffenlieder und Matrosenshanties zweideutigen Inhalts, was mit konstanter Regelmäßigkeit die heftigsten Vorwürfe Susans am nächsten Tag zur Folge hatte.

In dem Korsett starrer Zwänge und Verpflichtungen fehlte ihm die Luft zum Atmen, immer wieder brach er aus, ging mit seinen Freunden zur Jagd, das erlegte Wild verspeisten sie dann am Lagerfeuer und durchzechten gern die ganze Nacht.

Sein Abdriften in frühere Junggesellengewohnheiten veranlaßte Susan, ihn immer wieder an seine künftige Präsidentschaft zu erinnern, zu ermahnen und, wie er meinte, zu bevormunden. Sie fühlte sich geradezu verpflichtet, die Hoffnung der First Lady zu erfüllen, nämlich George auf dem rechten Weg zu halten, bis das Ziel erreicht sei.

Je erzieherischer sie wurde, desto mehr entzog sich George. Er wirkte wie ein unartiger frecher Junge, der Vergnügen daran fand, seine Lehrerin zu provozieren und den so entstandenen Machtkampf nach seinen Regeln zu spielen.

Auch Susan litt unter dieser Entwicklung, sie machte immer die gleichen Erfahrungen mit den Männern, ihre Stärke als Helferin taugte nur so lange, wie die Männer schwach und aufbaufähig waren. Auch bei George fühlte sie sich oft als Babysitterin, so kindlich konnte er sein. Sollte ihr einziger Lohn nur darin bestehen, zu warten, bis George stark genug war, um als Präsident die Geschicke des Landes zu leiten, um sich dann endlich in seinem Glanz und Ruhm zu sonnen?

Würde er überhaupt soweit kommen? Wie gesagt, sie hatte es oft genug erlebt, wie Männer mit ihrer Hilfe stark genug für hohe Positionen wurden, aber auch stark genug, sich ihr dann zu widersetzen, ihre ehemals willkommene Hilfe als Bevormundung anzusehen, was im Laufe der Zeit in letzter Konsequenz jeweils zur Trennung geführt hatte.

Eigentlich hatte sie genug davon, ihre Bedürfnisse dem Diktat der Staatsräson zu unterwerfen, sie wünschte sich in Wahrheit einen selbstsicheren, starken Mann, bei dem sie ihre Schwäche zeigen und sich führen lassen konnte. Als sie eines Abends wieder von George und seinen laut singenden Armeefreunden gestört wurde, riß sie schließlich die Tür zum Jagdzimmer auf und fauchte ihn mit unverhohlener Wut an: »Ich muß dich sofort sprechen.«

Als sie alleine waren, stieg ihr die Zornesröte ins Gesicht, ihre Augen verengten sich zu schmalen Schlitzen, und sie verlor jede Beherrschung. »Ich habe es satt, für dich ständig Kindermädchen zu spielen«, brüllte sie. »Du weißt, daß wir heute beim Senator eingeladen sind, und du bist noch nicht einmal umgezogen.«

»Und ich habe es satt, ständig wie ein Kind behandelt zu werden«, brüllte er. »Ständig soll ich studieren und repräsentieren.«

Ein Wort gab das andere. Susan packte ihre Koffer und zog zu ihrer Freundin.

Nur allzugerne ließ sie sich durch Gloria von ihren finsteren Gedanken ablenken und dazu überreden, das neu eröffnete Tanzlokal am Hafen aufzusuchen. Es hatte das Flair einer Seemannskneipe und hätte von Michelin sicher Sterne bekommen. Das Interieur war äußerst luxuriös, ebenso die Eintrittspreise, um den Mob fernzuhalten. Ungarische Stehgeiger zauberten Pustaromantik, es herrschte eine gedämpfte heitere Atmosphäre, ein Publikum aus der »Upper Class«. Susan hatte ihren roten Maserati am Eingang geparkt, ein Fehler, wie sich bald herausstellen sollte.

John saß mit seinen Freunden zwei Tische weiter. Er betrachtete Susan mit unverhohlener Neugier und wachsender Faszination. Auch sie fühlte sich wie magisch angezogen, wich seinem zupackenden Blick nicht aus und schaute ihm direkt in die stahlblauen Augen. Endlich gab er dem Sog ihrer Ausstrahlung nach und stand plötzlich vor ihr.

In diesem Moment wurde plötzlich mit lautem Knall die Eingangstür aufgerissen. Ein Trupp wild durcheinandergrölender Marines stürmte wie eine Herde wilder Büffel hinein. Vielleicht wäre dieser zoologische Vergleich nicht ganz korrekt, denn John kam bei näherer Betrachtung immer mehr zu dem Schluß, daß die Darwin'sche Theorie, der Mensch stamme vom Affen ab, doch seine Berechtigung habe. Die Marines stammten aus der Schwergewichtsklasse bzw. ähnelten nach Johns Auffassung am ehesten dem Stamme der Gorillas. Ihr Anführer, der mit dem meisten Lametta und goldenen Litzen am Ärmel, wie man unschwer erkennen konnte, stürmte deutlich schwankend auf Susan zu.

»Hey, Lady«, schnarrte er mit befehlsgewohnter Stimme und einem Baß, der aus dem Keller zu kommen schien, »wir haben Sie in ihrem Maserati kommen sehen, Sie haben falsch geparkt. Ich wäre bereit, ihren Wagen wegzufahren, vorausgesetzt, Sie geben mir einen Liebestrank, mit Küßchen, versteht sich natürlich.«

Der Beifall in Form von dröhnendem Gelächter seiner Kameraden erfolgte schon, kaum daß er das letzte Wort gesprochen hatte. Dadurch ausreichend ermutigt, faßte er Susan an der Hand und wollte sie zum Auto zerren. John reagierte sofort, umklammerte sein Handgelenk, ahnte auch schon im Bruchteil einer Sekunde die auf ihn zuschießende linke Gerade im voraus, stoppte sie mitten im Flug, nur indem er seinem Gegner starr in die Pupille blickte. Rein psychokinetisch konnte er dessen gesamte Motorik blockieren. Die anderen mischten sich jetzt in den Kampf ein. Kabra war in Kampfsportarten erfahren, schlug einige Gegner zu Boden, aber auch er hatte nur Augen an den dafür vorgesehenen Stellen. Hinter seinem Rücken konnte er freilich nicht sehen, wie ein anderer Gorilla die als Dekoration gedachte Harpune von der Wand riß und ihn damit aufspießen wollte. Wieder schlug John mit der ganzen Kraft seines Geistes zu, versetzte den Gorillamenschen in Starre. Kabra nutzte den Moment, um die beiden so Immobilisierten durch einen Uppercut Bekanntschaft mit dem Boden machen zu lassen. Flimm hatten den blitzschnellen Ablauf noch nicht begriffen, erst als die Massenschlägerei anfing.

»Zeit zum Verschwinden«, sagte John, packte die Mädchen und seine Freunde und zerrte sie zum Ausgang. »Die Dachterrasse vom Hilton ist etwas ruhiger zum Tanzen!« meinte er.

Dort war die Atmosphäre so, wie sie es sich erhofft hatten, Paare tanzten bei dezenter Musik. John und Susan fühlten dabei die Wärme ihrer Körper, ihres Atmens, aber auch den Atem des Schicksals. Sie war für ihn das erste wirkliche weibliche Wesen nach jahrelanger Isolation in den Labors von Nevada, voll anmutiger Schönheit, Esprit, aber auch Mitgefühl für die Notleidenden dieser Welt.

Auch sie glaubte, ihr Pendant, den lang ersehnten Gegenpol, gefunden zu haben, männliche Kraft und Führung, gepaart mit geistig seelischem Tiefgang. Es war Liebe auf den ersten Blick. Daß ihre Körper in der gleichen Nacht sich noch fanden, war die logische Folge.

Am nächsten Morgen war er glücklich, sein Körper von der Hitze der Liebesnacht noch erwärmt, dennoch überkam ihn ein Frösteln. Sie war ja die Tochter von Oberst Vargas. Instinktiv wußte er, daß dieser nur zum Schein militärischer Berater und Vertrauter des Präsidenten war, in Wirklichkeit sein Gegenspieler, wenn auch aus idealistischen Gründen, um durch Machtwechsel eine Verbesserung der wirtschaftlichen Situation zu erreichen. Ihr Vater plante die Revolution mit Gewalt, um ethisch-moralischen Zielen zum Siege zu verhelfen.

Er sprach Susan unverblümt darauf an, sie gab es zu, konnte es bei diesem Manne doch keine Geheimnisse mehr geben.

Angesichts der bevorstehenden Weltraumexpedition offenbarte er ihr ebenfalls seine Identität, stellte sich aber aus Loyalitätsgründen auf die Seite von Recht und Ordnung, auf die Seite des Präsidenten. So kam es zum ersten Wermutstropfen im Nektar ihrer gerade erst geborenen Liebe und dem ersten Hindernis, welches sich ihnen entgegenstellte, woran auch stundenlange Diskussionen nichts ändern konnten.

»Eine Revolution mit Blutvergießen schafft durch Unrecht kein neues Recht!« so meinte er.

Susan klammerte sich hingegen an die Bande des Blutes, die ihr bisher immer Stütze und Orientierung gegeben hatten. Trotz all dieser unvereinbaren Gegensätze hatte ihre Liebe noch festen gemeinsamen Halt, sie verabredeten sich für den nächsten Tag. Als John mit seinen Freunden vor den verschlossenen Toren seiner Heimatstadt Einlaß begehrte, wurden sie von der Wache abgeführt und zum Professor gebracht. Dieser war außer sich, weil sie sein Verbot mißachtet hatten. Oberst Vargas, ein silberhaariger untersetzter Mann mit metallisch klingender Stimme, nickte energisch zustimmend mit dem Kopf. Er beschwerte sich, daß seine Tochter durch John in Gefahr geraten sei, die CIA habe ihn informiert.

John belehrte ihn über den wahren Vorgang und empfahl ihm, die bewußten Informanten zu überprüfen.

»Nun gut«, meinte der Oberst, »wenn es so ist, danke ich Ihnen. Eigentlich bin ich hier, weil der Präsident von Ihren besonderen Fähigkeiten weiß und Sie braucht. Ihre Hilfe bei der Friedenskonferenz mit den Chinesen und den Russen könnte von größter Wichtigkeit sein. Morgen um fünf Uhr im weißen Haus!« schnarrte er mit grimmigem Nußknackergesicht und knallte die Hacken seiner Stiefel zusammen, ein Relikt früherer militärischer Verhaltensweisen.

John wurde zum verabredeten Zeitpunkt abgeholt, die Presse wartete schon am Flughafen, die bekannten Teilnehmer waren interviewt, sie hatten nur noch Interesse für ihn, den mysteriösen Unbekannten, er aber entwich durch einen Seitenausgang.

Im Weißen Haus begrüßte ihn der Präsident wie einen alten Freund.

»Ich kenne sie schon seit Ihrer Geburt, habe Ihre Entwicklung verfolgt und weiß Ihre Fähigkeiten zu schätzen. Es geht um den Weltfrieden, sagen Sie mir, ob die Konferenzteilnehmer ehrlichen Herzens dafür einstehen.«

John setzte sich neben dem Präsidenten an den ovalen Verhandlungstisch, an dem die wichtigsten diplomatischen Vertreter der Nationen saßen und über Krieg oder Frieden zu entscheiden hatten.

Er versank in Trance, sah schemenhafte Gestalten, unbekannte Gesichter, die nach und nach Konturen annahmen und deutlich erkennbar wurden. Oberst Igor fiel ihm auf. Seine rötlich-aggressive Aura konnte er nicht nur sehen, sondern auch schmecken. Wie Blut! dachte er. Von diesem freundlich grinsenden Mann ging Unheil aus.

Der Präsident betonte: »Obwohl wir vom Geheimdienst wissen, daß auf ihrer Seite Truppen aufmarschieren, wäre es mir lieber, wenn wir Rohstoffe gegen Nahrungsmittel tauschen könnten. Durch die Klimaverschiebung bricht die Versorgung mit Lebensmittel zusammen. Wir könnten uns gegenseitig helfen.«

Oberst Igor erwiderte mit lautstarker Jovialität: »Diese Truppenkonzentrationen an der Grenze sind nur Übungsmanöver, mein Herzenswunsch ist wirtschaftliche Zusammenarbeit und Frieden.«

John hatte inzwischen seine Gehirnströme völlig an die des Obristen angeglichen. Zu seinem Entsetzen hörte er im Gegensatz zu den soeben gesprochenen Worten absolut konträre Gedanken: »Unsere Tarnung muß besser werden, wir müssen den Präsidenten in Sicherheit wiegen und morgen abend vergiften, wenn er wie gewohnt seinen Gesundheitsdrink nimmt. Alp dürfte das richtige Gift sein, es führt unter epileptischen Krämpfen rasch zum Tode.«

Nach der Besprechung informierte John den Präsidenten im Beisein von Oberst Vargas über das geplante Attentat. Der Präsident glaubte ihm aufs Wort, schon lange hatte der CIA ihn über die Pläne des Obristen in Kenntnis gesetzt, nur die Wahl des Giftes war noch unbekannt.

»Ich schlage vor, sie nehmen Ihren Drink«, sagte John. »Wir haben das Gegenmittel. Das Täuschungsmanöver wirkt echt, wir locken die Killer ins Zimmer, er wird sich überzeugen wollen, daß Sie tot sind. So kriegen wir ihn zu fassen und erfahren seine Hintermänner. Danach gebe ich Ihnen das Gegengift, dafür verbürge ich mich.«

Wie jeden Abend servierte der Boy den Drink. Nach dem ersten Schluck wand sich der Präsident in Krämpfen. Nach zehn Sekunden war er im scheinbar toten Zustand. Hinter den Vorhängen hatten sich die CIA-Leute versteckt. Die Tür öffnete sich, und der Killer trat ein, um sich vom Tod des Präsidenten zu überzeugen. Es wurde sofort überwältigt, gab auch den Namen seines Auftraggebers preis.

Nachdem er abgeführt und alle außer Vargas den Raum verlassen hatten, wollte John das Gegengift injizieren, Vargas fiel ihm in den Arm und schrie: »Sind Sie verrückt? Sehen Sie nicht, daß unser Land in jeder Hinsicht am Ende ist, wirtschaftlich, ökologisch und moralisch. Der Präsident gibt nicht den Weg frei für Erneuerung, ist selbst zu schwach, um Recht und Ordnung durchzusetzen, scheut sich davor, das Militär hart durchgreifen zu lassen und diesen Augiasstall auszumisten. Sein Tod könnte den Weg in die Zukunft freimachen, nur drakonische Härte kann die Kriminalität und Korruption beseitigen.«

»Das ist nicht der richtige Weg«, meinte John. »Der Präsident ist sicher zu milde, aber integer und um das Beste bemüht. Sie sind selbst ein hochdekorierter Soldat und haben immer dem Gegner ins Gesicht geschaut, was Sie aber jetzt vorhaben, ist die Tat eines Meuchelmörders und Ihrer nicht würdig. Reden Sie offen mit dem Präsidenten, gründen Sie notfalls eine Opposition, mit der Sie ihn abwählen können. Nicht der Präsident, sondern die Mafia ist daran interessiert, die Mißstände zu erhalten, ebenso die Wirtschaftskriminellen. Nicht den Präsidenten sollten Sie aus dem Wege räumen, sondern die eigentliche Wurzel des Übels. Ich bin sicher, er wird Sie unterstützen.«

Der Oberst stutzte und gab dann nach, verabreichte selbst das Gegenmittel, so daß der Präsident zu sich kam.

Nachdem er über die wahren Absichten von Oberst Igor informiert war, wurde dieser des Landes verwiesen und schwor ewige Rache. Vargas aber klärte den Präsidenten schonungslos auf, gab ihm und seiner laschen Regierung die Schuld an den wachsenden Mißständen, er selbst habe fast keinen anderen Weg gesehen, als ihn zu beseitigen, um damit das Land vor dem drohenden Untergang zu bewahren.

Der Präsident war zutiefst betroffen, er wußte nichts von dem, was wirklich im Land vor sich ging. Profitgierige Opportunisten hatten ihm dies wohlweislich verschwiegen.

Er versprach, Oberst Vargas freie Hand zu lassen. Dieser war nun seinerseits fassungslos und erschüttert, da er fast einen Unschuldigen beseitigt hätte. Der Präsident dankte John aus tiefstem Herzen, beförderte ihn vom Captain zum Commander. Dann stellte er ihn in einem Festakt der Öffentlichkeit vor, beschrieb zuerst schonungslos das Ausmaß der Energiekrise und die daraus sich ergebende Notwendigkeit der Raumfahrtmission.

Während der prunkvollen Militärparade stand das Heer der Obdachlosen und Bettler am Straßenrand. Sie erkannten in ihm den »wahren Hoffnungsträger der Nation« und jubelten ihm zu.

Nach diesen Feierlichkeiten wurde die Verlobung mit Susan auf der Ranch des Vaters gefeiert. John hatte sich von der ausgelassen fröhlichen Gesellschaft entfernt, stand mit traumhaft verlorenem Blick am See und ließ die bisherigen Stadien seines Lebens nochmals wie einen Film vor seinem geistigen Auge ablaufen. Fast wußte er nicht, ob dies alles ein Traum war oder Wirklichkeit, so weit war er entrückt.

Plötzlich brach ein Inferno aus, das ihn aus seiner Trance erwachen ließ. Eine Explosion zerfetzte die idyllische Stille, er sah Rauchwolken, hörte Hilferufe.

Der Mafiaboß Romani hatte mit seinen Leuten die Ranch gestürmt. Er wollte die Raumfahrer gefangennehmen, um sie nach einer Gehirnwäsche für seine Zwecke nutzbar zu machen. Wenn der Energiestoff FX Terra Novas den Mangel auf Erden beheben und so den Frieden sichern würde, ließen sich mit Armut und Elend keine Geschäfte mehr machen. Waffen und Drogen wären überflüssig, seine Fabriken könnten schließen. Er dachte eher daran, FX als Kampfstoff zu nutzen und die Weltherrschaft zu erringen.

Gott sei Dank sah John Susan und seine beiden Freunde aus dem Haus rennen, er fuhr ihnen mit dem Jeep entgegen, sie sprangen hinein und rasten mit quietschenden Reifen zur fünf Kilometer weiter entfernt liegenden Abschußrampe. Den Präsidenten informierte er über Funk, der Start mußte vorverlegt werden.

Als sie endlich ihr Ziel erreicht hatten, wartete schon eine aufgeregte Menschenmenge, davor eine Eliteeinheit in Kampfposition. Noch einmal nahm er Susan in seine Arme und verabschiedete sich mit den Worten: »Ich komme wieder.« Zu viel mehr war auch keine Zeit. Wild um sich schießend, waren die Verfolger herangekommen. John stürmte mit seinen Copiloten das Raumschiff. Von der Luke schauten sie noch ein letztes Mal nach draußen. Sie sahen Granaten mitten in der Zuschauermenge explodieren, alles war in Rauch und Nebel gehüllt. Es schien ihm, als ob seine Verlobte getroffen war. Auch der Präsident sank zu Boden. Waren sie ernsthaft verletzt oder gar tot? Trotz dieser Ungewißheit mußte er jetzt die Erde verlassen und drückte den Startknopf.

3. Kapitel

Der fremde Planet

Gott sei Dank funktionierte die Zündung, die Raketentriebwerke sprangen sofort an. Sie heulten auf wie Stalinorgeln im Zweiten Weltkrieg. Erst langsam wie in Zeitlupe verließ der stählerne Koloß die Plattform der Abschußrampe. Dann schoß er, wie hinauskatapultiert, senkrecht in den Himmel. Seine spitz-zigarrenförmige Nase bohrte sich mit rasender Geschwindigkeit in die Stratosphäre. Zunächst noch konnten die Piloten Gewässer und Kontinente erkennen. Ihre Konturen verwischten dann immer mehr, und bald war die Erde nur noch eine dunkelblaue Kugel, die immer kleiner wurde.

Dann riß die Funkverbindung plötzlich ab, das Raumschiff raste mit unverminderter Geschwindigkeit weiter. Sie waren jetzt in der unendlichen Weite des Weltalls, die Erde außer Sicht. Es kam ihnen vor, als ob eine unsichtbare Hand mit scharfem Messer die Nabelschnur zur Mutter Erde durchtrennt hätte. Jetzt waren sie nur auf sich alleine gestellt. Das Gefühl der Einsamkeit sprang sie an wie ein wildes Tier und biß sich in ihren Eingeweiden fest. Dunkle Nacht umgab sie, nur spärlich aufgehellt durch Myriaden silbern glitzernder Sterne. Alles schien zunächst planmäßig zu verlaufen. Tage und Wochen vergingen, die im navigatorischen Verlauf exakt vorprogrammiert waren. Der Autopilot konnte eingeschaltet werden, und sie vertrieben sich die Zeit, indem sie über ihren Lebenslauf und ihre Problemsituation auf Erden sprachen …

Es herrschte eine trügerische Ruhe, die ihr jähes Ende auf dem Radarschirm finden sollte. Ein konzentrisch pulsierender Lichtpunkt am äußersten Ende des oberen linken Quadranten ließen den Commander und Frank als aufmerksame Beobachter wie aus einem Munde schreien: »Mein Gott, mein Gott, was ist das? Ein explodierender Planet, genau auf unserem Kurs.«

In den folgenden Sekunden atemloser Stille stammelte schließlich Flimm: »Das bedeutet, ein Meteoritensturm kommt genau auf uns zu, wir sind alle verloren.«

Die ersten Worte waren zunächst fast stimmlos, mit angstvoll zugeschnürter Kehle mühsam gehaucht, die letzten, die vitale Bedrohung artikulierend, jedoch schon in schrillem, sich überschlagendem Crescendo herausgebrüllt. Wiederum zeigte es sich, daß der Commander nicht umsonst als Führer eingesetzt worden war. Obwohl Panik wie ein Damoklesschwert mit seiner ganzen destruktiven Macht zum Greifen nahe in der Luft lag, schaltete er im Bruchteil einer Sekunde die Gefühlsstürme in seinem Diencephalon ab und konzentrierte sich auf die rationale Ebene seines Cortex.

»Talk-down-Methode«, so leuchtete es ständig in großen blauen Lettern auf dem unsichtbaren Bildschirm seines geistigen Auges auf. Mit bewußt gelassener und sonorer, besänftigend wirkender Stimme gab er scheinbar unbeteiligt und wie beiläufig das Kommando: »Steuer hart Backbord, 43 Grad. In circa zwei Stunden wird uns die Spitze der Meteoritenphalanx erreicht haben. Mit einem Einschlag am Heck unseres Schiffes müssen wir allerdings rechnen.«

Zu diesem Zeitpunkt wußten alle Besatzungsmitglieder, daß diese Kursabweichung auf jeden Fall einen Vorstoß in noch ungeahntere Dimensionen als bisher angenommen zur Folge hatte und mit an Sicherheit grenzender Wahrscheinlichkeit nicht nur die Mission, sondern auch ihr Leben am seidenen Faden hingen.

Voll unerträglicher Angst, Spannung, Qual krochen die angekündigten zwei Stunden zähflüssig schleppend dahin. Auf dem Radarschirm kam der Meteoritensturm unaufhaltsam näher und näher. Endlich war es soweit. Mit ohrenbetäubendem Krachen schlugen gleich zwei noch glühende Meteoriten auf das Heck des Raumschiffs. Obwohl die Piloten festgeschnallt waren, lösten sich unter der Wucht die Sicherungen ihrer Gurte, und sie bekamen den Zustand der Schwerelosigkeit zu spüren. Ein jeder driftete von seinem Sitz ab in eine jeweils andere Richtung nach oben.

Obwohl sie diesen Zustand in der NASA-Exerzierstation Texas geübt hatten, dauerte es in der Realsituation länger als gewohnt, bis sie ihre frühere Position wieder einnehmen konnten. Dank des Commanders und seiner ruhig besonnenen, fast wie in einer Normalsituation abgegebenen Kommandos fanden sie in dieser ersten Zerreißprobe ihrer hochantrainierten Frustrationstoleranz rasch zu ihrer gewohnten Routine zurück.

»Natürlich sind wir jetzt um 70 Grad von unserem ursprünglichen Ziel abgedriftet«, sagte der Commander. »Schließlich war es ja nicht nur das Ausweichmanöver vor dem Meteoritensturm, sondern auch der Einschlag selbst auf dem Heck, was den Kurs des Schiffes verändert hat. Wir sind jetzt völlig orientierungslos, der Treibstoff reicht für zwanzig Tage.«

Flimm war der erste, der nach drei Tagen durchdrehte. Von jeher neigte er zu impulsartigen, im voraus nicht erkennbaren Affektreaktionen mit vorwiegend destruktiver Tendenz, so daß er sich auch jetzt von seinen ohnehin nur schwer zu beherrschenden Gefühlen übermannen ließ. Plötzlich und unvermutet sprang er den Commander an und zerrte an dessen Laserpistole im Halfter.

Als er von diesem eine kurze Gerade auf seinen Solarplexus in Empfang genommen hatte, verwandelte sich seine ursprüngliche Aggressivität in ein Bild des Jammers.

»Am besten, ich mache selbst ein Ende«, heulte er auf, »als daß ich dahinsieche und darauf warte, bis mein Leben langsam zu Ende geht.«

»Unsinn, wir schaffen es schon«, sagte der Commander mit unerschütterlichem Optimismus und klopfte ihm aufmunternd kumpelhaft solange auf die Schulter, bis sich Flimm wieder beruhigte.

Inzwischen hatte Frank herausgefunden, daß der am nächsten liegende Planet mit ihrer noch verbleibenden Treibstoffmenge durchaus noch erreichbar war, mehr aber nicht.

Schließlich sahen sie den neuen Planeten, den sie jetzt Terra 2 tauften, zunächst als kleinen, dann immer größer werdenden Punkt auf ihrem Radarschirm. Sie tauchten ein in seine Umlaufbahn und flogen noch einige Stunden in konzentrisch immer enger werdenden Kreisen, bis sie die Einflugschneise im horizontalen Gleitflug erreichten.

»Noch zwei Minuten bis zur Landung, viel Glück, Leute!« sagte der Commander als letztes Kommando.

Angesichts der unausweichlichen existentiellen Bedrohung hatte ein jeder, einschließlich des Commanders, die größte Mühe, sich der Angstüberflutung des Gehirns entgegenzustemmen, zumal niemand wußte, ob dieser Planet für den Sauerstoff- und Nahrungsbedarf irdischer Lebewesen eine existenzfähige Basis darstellte.

Trotz des eingeleiteten Bremsmanövers erwiesen sich die durch Meteoriteneinschlag bereits geschädigten Triebwerke als zu schwach. Der Aufprall des Schiffes erfolgte mit überhöhter Geschwindigkeit auf dem sandigen Boden des fremden Planeten, der nun für unbestimmte Zeit ihre neue Heimat werden sollte.

Wie groß war ihr Erstaunen, als sie das Bewußtsein wiedererlangten und die Augen aufschlugen. Sie glaubten zu träumen. Der Commander und Frank fanden sich festgeschnallt in zwei lehnstuhlartigen Sitzen. Der schmerzhafte Druck von Stahlklammern an Kopf und Extremitäten zeigte ihnen mit unmißverständlicher Deutlichkeit, daß dies kein Traum war.

Mein Gott, wir sitzen ja auf elektrischen Stühlen, dachten beide zugleich. Ihr Blick fiel dann auf Flimm, der in seltsam vertrackter Stellung vor ihnen auf dem Boden lag. Ein Stahlträger des Raumschiffs hatte seinen Brustkorb durchstoßen und ihn wie ein Insekt aufgespießt. Ihr Blick löste sich langsam von dem toten Gefährten und kroch mißtrauisch zögernd in die Horizontale.

»Siehst du auch das, was ich sehe?« frage der Commander Frank.

»Ja«, erwiderte dieser, »nur jedesmal, wenn du diesen Satz in der Disco von Manhattan von dir gabst, hatte er eine andere, bessere Bedeutung, und ich wußte, was du meintest. Diesmal bin ich wirklich fassungslos.«

»Aha, dein Galgenhumor in Extremsituationen ist also noch vorhanden, das ist doch schon was«, stellte der Commander zufrieden fest.

Sie befanden sich in der Mitte einer Art kreisrunden Arena, vor ihnen an einem circa fünfzehn Meter langen Tisch saßen offensichtlich die Bewohner des neuen Planeten, die sie aus großen, starr blickenden Augen unablässig fixierten. In der Mitte des Tisches saßen die am ehesten als humanoide zu bezeichnenden Wesen, sie waren von hager-länglicher Gestalt und überragten die anderen um mindestens Haupteshöhe. Diese zuletzt wahrgenommenen Wesen waren kahlköpfig mit überproportional großen, schrägstehenden Augen, hoher Stirn, breitem Mittelgesicht, blutleeren Lippen und spitz zulaufendem Kinn.

Links davon saß ein um mindestens Haupteslänge kleineres Pärchen, im Gegensatz zu den unbehaarten Großköpfigen trugen sie einen dichten Federflaum, beginnend an der Stirn-Haargrenze, zur Schädelmitte sich immer mehr verdichtend, bis es schließlich mit breitflächig wallendem Gefieder zur Schulterpartie hinabfiel und auch noch den Rücken mit üppigem Wuchs bedeckte.

Bis auf die kühn vorspringende und offensichtlich verhornte Adlernase war der Rest des Gesichtes im wesentlichen der menschlichen Physiognomie entsprechend. Insgesamt schien die Vorderfront humanoiden Ursprungs zu sein, die Anatomie zeigte Wesensmerkmale männlichen und weiblichen Geschlechtes. Am erstaunlichsten jedoch war, wie der Commander bei einer abrupten Seitwärtsbewegung dieser Wesen feststellen konnte, das unverkennbar in Höhe der Schulterblätter herausragende gefiederte Flügelpaar. Dies veranlaßte ihn zu einer spontanen Namensgebung: Vogelmenschen, ja in der Tat, anders kann man es nicht sagen.

Sein Blick schweifte jetzt nach rechts und fand ein weiteres Pärchen, ebenfalls offensichtlich humanoiden Ursprungs. Sie erinnerten ihn am ehesten an Raubkatzen, an schwarze Panther. Bis hinab zu einer waagerecht verlaufenden Linie unterhalb ihrer Nase sahen sie auch genauso aus. Mit schlitzförmig verengten grau-gelben Augen und wild zupackendem Blick, aus dem die animalische, wenn auch mühsam kaschierte Aggression dennoch deutlich hervorsprang.

Ansonsten glich ihre Vorderfront der menschlichen Anatomie, sie war von athletischem Körperbau, insbesondere die Muskulatur der Extremitäten war überproportional ausgeprägt, die Nägel am Ende der übermäßig langen Finger und Zehen zu scharf gekrümmten Klauen verformt.

Die Lage war unmißverständlich, sie waren Gefangene und befanden sich vor einem Richtertribunal.

Kaum hatte er das letzte Wort gedacht, schien es auch schon der Anlaß für den jetzt folgenden Auftritt eines der Kahlköpfigen zu sein. Das Wesen erhob sich und kam bedrohlich auf sie zu. Seine Übergröße wurde ihnen vollends bewußt, als er breitbeinig vor ihnen stand und auf sie herabblickte. Die gutturalen sonoren Laute, die sich seiner Brust entrangen, konnten sie natürlich nicht verstehen, sein Blick sprach dafür eine um so deutlichere Sprache. Sie waren vor Schreck wie gelähmt. Der Commander überwand als erster seinen Schock und erlangte seine Fassung wieder. Instinktiv wußte er, daß dieses Wesen, mochte es noch so bedrohlich aussehen, keine wirkliche Gefahr darstellte.

Frank schrie in Todesangst: »Commander, wir sitzen auf dem elektrischen Stuhl, und dieses Monster will uns rösten.«

Das Wesen warf ihm einen mißbilligenden Blick zu und brachte ihn damit zum Schweigen. Sodann starrte es den Commander an. »Wer seid ihr, und was wollt ihr?« dröhnte es plötzlich in dessen Kopf, ohne daß das Wesen seinen Mund bewegt hätte.

Telepathie also, dachte der Commander. Auf gleichem Weg gab er Antwort.

»Wir sind von der Erde und hier, um eure Freundschaft und Hilfe bei der Rettung unseres Planeten zu erbitten.«

Das Wesen hob erstaunt die Augenbrauen und blickte ihn ungläubig an. »Ich dachte nicht, daß schon jemand von euch in der Lage ist, sich auf diesem Wege zu verständigen. Offensichtlich haben sich einige von euch weiterentwickelt. Ich bin General Ator, war selbst lange genug auf eurem Planeten, um zu wissen, daß ihr von selbstgemachten Naturkatastrophen heimgesucht werdet, dennoch nichts anderes im Sinn habt, als euch gegenseitig zu vernichten. Eine Rettung im menschlichen Sinne dürfte wohl so zu verstehen sein, daß ihr erst mit unserer Hilfe stark werdet und uns dann versklaven wollt.

Vor vierhundert Jahren war ich mit zwei meiner Brüder auf eurer Erde, sie starben eines gewaltsamen Todes. Von eurer zurückgebliebenen und minderwertigen Rasse habe ich viel gelernt, nicht Sprache, Kultur, Technik, sondern vor allem, wie wir es auf unserem eigenen Planeten nicht machen wollen. Ich selbst konnte mich im letzten Augenblick retten.

Vorab habe ich noch bei euch visuelle und akustische Abhörvorrichtungen installieren lassen, um den Planeten Erde, der eine Bedrohung des gesamten Weltalls darstellt, unter Kontrolle zu halten.

Ob deine friedlichen Absichten der Wahrheit entsprechen, werden wir gleich sehen«, sprach's und verband ihre stählernen Fesseln mit Kabeln, die zu einigen Apparaturen und einer riesigen Leinwand führten.

Plötzlich verschwammen die Konturen seines Gesichtes, die ganze Welt schien nur noch aus seinen Augen zu bestehen. Wir werden in Hypnose versetzt, durchfuhr es den Commander. Sich dem überstarken Willen zu widersetzen, war nicht möglich. Muskeltonus, Wille und Bewußtsein gingen auf 0. Die Fragen des Verhörs durchbohrten ihr Gedächtnis bis auf die Grundfesten ihrer Seelen. Die Exploration war schnell beendet. Ihr Lebenslauf lag klar zutage, ebenso das Ausmaß ihres Intellektes und das dunkle Triebpotential ihres Unbewußten. Jede Antwort wurde sofort auf Filmleinwand übertragen. Die alltäglichen Abläufe ihres Lebens wurden im Zeitraffertempo gezeigt, die wesentlichen Passagen ihres Pychogramms jedoch mit verlangsamter Geschwindigkeit wiederholt und heftig vom Tribunal diskutiert.

Ator beendete die Hypnose und sprach erneut zu den Erdlingen: »Vorerst glauben wir euch und lassen euch leben, in unserer Stadt wollen wir euch aber nicht, euer Aggressionspotential ist noch zu hoch. Im Psychogramm deines Freundes ist das deutlich zu sehen, so daß er den Rest seines Lebens bei den Panthermenschen verbringen wird.

Du selbst kommst zu den Vogelmenschen. Wir werden sehen, ob du deine zwar schon erstaunlich reduzierte, aber immer noch vorhandene Aggressionsbereitschaft unter Kontrolle halten kannst.«

Auf unerklärliche Weise fühlte sich der Commander zu dem Wesen hingezogen.

Dieses sprach weiter: »Ich wußte nicht, daß du ebenfalls, wenn auch in spärlichem Maße, telepathische Fähigkeiten hast, du scheinst der zu sein, auf den ich gewartet habe, unsere Priesterkaste mit den hellseherischen Fähigkeiten hat deine Ankunft schon lange vorausgesagt. Meine Hoffnung gilt deiner Fähigkeit zur Weiterentwicklung. Früher war ich selbst Raumfahrer wie du, deshalb verstehe ich deine Gefühle angesichts des zerstörten Raumschiffs, fern deiner Heimat. Jetzt bin ich Lord des Heeres, bald werde ich der Oberste sein. Bevor wir uns jetzt trennen, muß ich dir noch eines sagen. Wir sind ein friedliebendes Volk, so soll es auch bleiben, unter uns sind, auf animalischer Stufe, die Vogel- und Panthermenschen, sie sind unsere Vasallen und leben mit uns in friedlich-symbiotischer Koexistenz. Falls ihr unser Vertrauen mißbraucht und die Saat der Gewalt, die ihr von Natur aus in euch habt, hier zum Aufgehen bringt, Unruhe stiftet und unsere Welt gefährdet, seid ihr des Todes. Ich selbst stehe dann mit Schande vor dem Hohen Rat, weil ich mich für euer Leben verbürgt habe, ihr werdet es mir dann büßen.

Doch jetzt geht!« sagte er und löste ihre Fesseln.

Das Vogelpärchen nahm den Commander in ihre Mitte und wollte ihn abführen, die Panther packten Frank. Beide rissen sich jedoch noch einmal los und fielen sich zum Abschied in die Arme.

»Wir werden uns suchen und auch finden«, sagte der Commander beschwichtigend zu dem vor Angst zitternden Frank. Sie ahnten nicht, unter welchen Umständen sie sich, innerlich und äußerlich verändert, wiedersehen würden.

Der eine Vogelmensch postierte sich zu seiner linken, der andere zur rechten Seite. Sie faßten ihn an den Oberarmen, schlugen erst langsam, dann immer schneller die Flügel, bis sie eine Höhe von circa fünfzig Metern erreicht hatten und flogen in ihre Heimat. Vor ihnen lag ein nach oben kegelförmig spitz zulaufender gigantischer Berg. Je näher sie kamen, desto deutlicher war zu erkennen, daß in geometrischer Anordnung Linien und darin Löcher, nein, Höhlen eingegraben waren, davor konzentrisch breite Plattformen, auf denen die Vogelmenschen wie auf einer Terrasse standen. Sie landeten auf der höchsten Plattform. Nach erklärendem Vogelgezwitscher wurde er von den anderen ausgiebig befühlt. Sie wirkten jedoch friedlich, gaben ihm Undefinierbares zu essen und zu trinken. Bei Anbruch der Dunkelheit gingen sie in die Höhlen. Dort lagen alle eng aneinandergeschmiegt, zwitscherten noch eine Weile und schliefen dann ein.

Am nächsten Morgen flogen die Männchen weg. Er blieb zurück mit den Weibchen und Kindern. Abends kamen sie wieder mit Körben voller Fische, die sie zu zweit, an Seilen befestigt, den Berg hinaufflogen. Andere wiederum brachten Körbe mit fremdem Gestein, welches zerkleinert und sortiert wurde. Erst später sollte er merken, welch wertvollen Fund er vor sich hatte. Von der Spitze des Berges konnte er in weiter tiefer gelegene Ebenen blicken mit vermutlich Gemüse- und Obstplantagen, die von den Vögeln emsig bewirtschaftet wurden.

Ein Vogelweibchen betreute ihn, versorgte ihn mit dem Lebensnotwendigen, die anderen hatten wohl das Interesse an ihm verloren. Er hätte fast geglaubt, ein menschliches Weib vor sich zu sehen, hätten ihn nicht das Gefieder an Kopf und Rücken sowie der Flaum von der Unterseite ihrer Brüste bis hinab zu den Knien eines Besseren belehrt. Hätte er sie ohne Gefieder auf der 5th Ave in New York gesehen, hätte ihr Anblick ihn schon in freudige Erregung versetzen können.

So aber dachte er daran, daß er die Erde nie wiedersehen würde, auch Susan nicht. Die Vogelsprache verstand er nicht. Er fühlte sich einsam, es dauerte nicht lange, der Streß und das ungewohnt heiße Klima forderten ihren Tribut. Er fiel in

einen Zustand von Depression und starrte verzweifelt vor sich
hin. Seiner Betreuerin war das nicht entgangen. Ihre Augen
bekamen einen mitfühlenden, wie menschlich anteilnehmen-
den Ausdruck. Sie stieß zirpende Laute aus und wiegte ihn in
ihren flauschigen Schwingen. Schließlich genas er allmählich
und fühlte sich ihr auf einmal auf seltsame Weise verbunden.

Auch sein Verhältnis zu den anderen Vögeln hatte sich auf
wundersame Weise verändert. Nach anfänglichem Desinteresse
hatten sie seinen desolaten Zustand bemerkt und von dem
Vogelweibchen erklärt bekommen. Obwohl eine sprachliche
Verständigung nicht möglich war, gaben sie ihm das Gefühl
nonverbaler Kommunikation von Lebewesen zu Lebewesen.
Ihre mitfühlenden Augen vermittelten ihm eine Anteilnahme
jenseits aller gesprochenen menschlichen Worte. Sie nahmen
ihn in die Mitte, berührten ihn immer wieder aufmunternd
mit ihren flauschigen Flügeln, flogen auch einige Runden um
den Berg, was ihn aber zunächst noch eher erschreckte als
aufheiterte.

Die Zeit verging, er nahm wieder Anteil am Geschehen. Eines
Tages wagte er sich zu weit über die Plattform hinaus, stol-
perte und fiel wie ein Stein den Berg hinab, der wohl in einigen tausend Metern Tiefe aufprallen würde. Das ist nun das
Ende, dachte er bei seinem markerschütternden Todesschrei.
Plötzlich hörte er lautes Flügelrauschen und heftiges schrilles
Zirpen. Lea, so nannte er sie inzwischen, fing ihn sicher auf
und brachte ihn wieder, mit aller Kraft die Flügel schlagend,
zur Plattform, von wo aus er mit zitternden Knien in die Höhle
wankte. Sie folgte ihm. Der erschreckte Ausdruck in ihren Augen sagte ihm, wie sehr sie von dem Vorfall betroffen war. Er
legte sich erschöpft aufs Lager und ließ es gerne zu, daß sie sich
zu ihm legte und sanft mit ihren Flügeln streichelte. Fast hätte
er geglaubt, Susan bei sich zu haben, so menschlich und warm

fühlte sich ihre Vorderseite an. Doch nein, Susan, die Erde und sein früheres Leben waren unwiederbringlich verloren. So geschah es, daß ihre Körper und Herzen sich zu einem Akt der Vereinigung fanden. Als sie im Morgengrauen heiter-zirpende Laute in ihrer Vogelsprache von sich gab, mit ausgestrecktem Arm auf die aufgehende Sonne der neuen Galaxie zeigte, fühlte er sich nicht mehr einsam. Er wußte, was sie meinte, fühlte sich wieder mit dem Leben verbunden, beschloß, das Neue anzunehmen und als erstes ihre Sprache zu lernen.

Da er auf Erden in den Genuß einer hochspezifischen Genselektion gekommen war, insbesondere von multiplen Metamorphose- und Mutationsimplantaten, verliefen die Lernprozesse mit überproportionaler Geschwindigkeit. Bald konnte er sich mit den anderen Vögeln verständigen. Ihr Tagesablauf bestand in Feldarbeiten mit Ernten der Früchte und Fischfang, wobei sie wie Fischreiher einige Meter in den unterhalb des Berges gelegenen See hinabtauchen konnten, den Fisch mit hartem Schnabel fingen und wieder zur Oberfläche des Sees auftauchten. Seltsam schien vor allem das Ausgraben der Mineralien an der Spitze des gegenüberliegenden Berges. Das Material wurde in Körben gelagert, an mehreren Seilen befestigt und im Fluge von mehreren Vögeln zur Hauptstadt der Lords geflogen.

Eine genauere Auskunft darüber konnte er nicht erhalten. Er bemerkte dann mit Schrecken, wie sein Haar ausfiel, durch zarten Flaum ersetzt wurde, der sich zu dichtem Gefieder wandelte und ihn genauso bedeckte, wie er es bei den anderen täglich sehen konnte. Auch die Nase veränderte sich wie bei den anderen. Die beiden knotenförmigen Auswüchse in Höhe seiner Schulterblätter wurden bald zu einem stattlichen Paar Flügel.

So gänzlich verändert, machte er seine ersten Flugversuche, die immer besser wurden, zumal das Abheben vom Erdboden ihm ein ungeahntes Gefühl von Freiheit gab. Ähnliches hatte er zwar schon auf Erden erlebt, doch jetzt fühlte er es am eigenen

Leibe, was es heißt, frei zu sein wie ein Vogel. Er durchstreifte mehrere Stunden die Gegend im Fluge, lernte sie so aus dieser Perspektive kennen und kehrte dann zu seinem Stamm zurück. Hier war er aufgrund seiner Alpha-Eigenschaften bald zu einer Führungspersönlichkeit geworden, überdies zeigte sich seine intellektuelle Überlegenheit. Inzwischen hatte die Vereinigung mit Lea Früchte getragen. Er wurde Vater eines Vogeljungen, alle waren glücklich.

Nun, da er hier Fuß gefaßt hatte, dachte er an das Versprechen, das er seinem Freund gegeben hatte, und fragte Lea. Nur widerstrebend gab sie ihm den Standort der Panthermenschen preis, diese beiden Spezies lebten seit Urzeiten in natürlicher Feindschaft. Die bisherige Sicherheit bestand in der großen räumlichen Entfernung. Seine Suche nach dem Freund gab ihr ein Gefühl düsterer Vorahnung. Der Commander ließ sich jedoch nicht mehr aufhalten. Zwei Tage lang überflog er in nordwestlicher Richtung die endlos scheinende Tiefebene, ohne ein Lebewesen zu Gesicht zu bekommen. Leas Beschreibung folgend, sah er dann endlich den grünen Dschungel des Pantherreservats vor sich. In einer großen kreisrunden Lichtung lagen die riesigen strohgelben Hütten. Auf dem Platz tummelten sich die schwarzen Gestalten und blickten aufgeregt auf den ungebetenen Eindringling hoch in den Lüften.

Er setzte zum Gleitflug an und landete mitten unter ihnen. Die mit Pfeil und Bogen bewaffneten Panther fauchten ihn so wütend an, daß er laut nach Frank rief, welcher auch sofort erschien und mit einer kurzen Armbewegung das Volk zum Verstummen brachte.

Die Physiognomie seines ehemaligen Copiloten war unverkennbar und strahlte Freude aus. Die animalische Veränderung war ebenfalls nicht zu übersehen. Er sah aus wie einer der Panther, die der Commander schon beim Tribunal gesehen hatte.

Er war eine Art Rudelführer geworden, umgeben von einigen Weibchen, die ihn kraulten und auf seine Befehle warteten, die sich wohl auf Nahrungsbeschaffung bezogen. Sie hielten sich aber auch in gebührendem Abstand, wenn sie einen Hieb von seiner Pfote erhalten hatten. Ebenso verhielt es sich mit den übrigen Männchen.

»Hör zu, Commander, ich bin hier die Nummer eins, aber auch der Harem ist mir zu wenig, wenn ich an die alte Mutter Erde und die Vergnügungen in New York denke. Die Lords bekommen das Fleisch der Tiere, die wir erjagen. Auch das Mineral, das wir mit unseren Klauen den Bergen entreißen, der Himmel weiß, wozu es dient. Diese Sklavendienste liegen mir nicht. In zwei Monden werden wir die Hauptstadt angreifen. Der Lord selbst hat gesagt, daß er früher auf der Erde war, also sind irgendwo Raumschiffe versteckt. Wir könnten dann zurück.

Falls ein Rückflug nicht möglich ist, könnten wir die Alleinherrschaft übernehmen.«

Der Commander erwiderte: »Wir sollten Ator dankbar sein, daß wir leben, daß Menschen nicht nur für sich, sondern auch für andere eine Gefahr darstellen, hat sich einwandfrei erwiesen. Seine Vorsicht war begründet. Um unserer Freundschaft willen laß ab von diesem Plan. Es wäre undankbar, Gastfreundschaft mit Kampfhandlung zu belohnen. Ator hat sich für uns verbürgt. Wenn wir länger hier sind, ist es eher möglich, die Freundschaft aller Lords zu gewinnen, auch ein Raumschiff zu bekommen, dessen Navigation sie uns erst noch erklären müßten.«

»Wenn du mich nicht unterstützt, sind wir nicht mehr länger Freunde!« fauchte Kabra.

»Wie du meinst«, sagte der Commander. »Um unnötiges Blutvergießen zu vermeiden, werde ich von deinem Kriegsplan berichten. Ich stehe auf der Seite des Friedens und damit der Lords.«

Wortlos wandten sich die früheren Freunde voneinander ab und gingen jeder in eine entgegengesetzte Richtung.

Um sich letzte Gewißheit zu verschaffen, überflog er nochmals das Panthergebiet und sah ihre militärischen Übungen. Sodann flog er vor die Tore der Hauptstadt, rief den Lord auf telepathischem Wege und klärte ihn auf.

Dieser zeigte Genugtuung und sagte: »Ich habe mich also nicht getäuscht. Von deinem Freund ging Gefahr aus. Die menschliche Aggression hat also auch hier Einzug gehalten. Unser bisheriger Friede scheint nach langer Zeit erstmals gefährdet. Du gehörst auch eigentlich mehr zu unserer Rasse als zu den Vögeln, du hast ein großes geistiges Entwicklungspotential. Ich setze große Hoffnung auf dich. Wohne bei uns und entscheide dann, wo dein Platz ist. Jetzt gehe als unser Botschafter nochmals zu den Panthern und versuche, sie zum Frieden zu bekehren. Sonst werden wir sie vernichten.«

Nachdem einige Warnschüsse mit Laserkanonen abgefeuert waren, schien das den Panthern zur Einsicht zu verhelfen. Die Friedensmission war erfolgreich, der Friede fürs erste gewahrt.

Zum Dank wurde er vom Lord öffentlich geehrt und bekam das Versprechen von ihm persönlich, in die Geheimnisse dieser seltsam faszinierenden Rasse eingeweiht zu werden.

Der Lord führte ihn durch die Hauptstadt, sie lag, von einer durchsichtigen Kuppel geschützt, auf einem riesigen Felsenplateau, welches die anderen Bergformationen bei weitem überragte, die Kuppel konnte nach Belieben geöffnet und geschlossen werden, diente als Schutz vor einschlagenden Meteoriten oder Angriffen aus dem Weltraum.

Während der Stadtführung konnte der Commander nicht umhin, sein Gegenüber zu bestaunen. Ator hatte eine ballonförmig aufgetriebene kahlköpfige Schädelkalotte, solch ein

Neurocranium war wohl erforderlich, um ein Superhirn zu beherbergen. Der übrige Körper war schmächtig, übermäßig lang und disproportional und wurde wohlwollend von einer weißen Toga umhüllt. Die cerebrale Priorität hätte sich auf somatischem Weg nicht besser manifestieren können.

Bei der Besichtigung sah er zu seinem Erstaunen, daß ein ähnliches Grundprinzip wie auf der Erde vorlag, der zeitliche Vorsprung von Terra 2 war also nicht so groß, wie er gedacht hatte. Freilich gab es technischen Vorsprung, zum Beispiel das Verkehrsnetz für Fahrzeuge, circa fünfzig Meter über dem Boden. Aufzüge ermöglichten den Abstieg. Die Fahrzeuge konnten in speziellen Luftschneisen geparkt werden. Spiralförmig angelegte Straßen umwanden die Hochhäuser und die ganze Stadt. So konnte man auch in luftiger Höhe des 50. Stockwerkes anhalten und die jeweiligen Wohnungen oder Arbeitsplätze betreten.

»Vor tausend Jahren lebten wir so wie ihr«, fing der Lord an, John aufzuklären. »Das Land war von Kriegen übersät. Die männlichen Krieger waren zwar das Symptom der Gesellschaft, die Ursache aber lag tiefer. Die Keimzelle der Gewalt lag in der allzu eng aufeinander fixierten Ehe- und Kleinfamilie, letztlich in der emotional einseitig durch Frauen gesteuerten Kindererziehung. Auf diesem engen Raum konnte sich die negative Macht der Erziehung ungehindert und in voller Stärke ausbreiten. Traditionsgemäß gingen die Männer hinaus ins feindliche Leben, die Frauen blieben zu Hause bei Herd und Kind. Abends nach getaner Arbeit waren die Männer zu müde, um sich mit Erziehung zu befassen. Sie waren zufrieden mit der Rollenverteilung und ruhten sich aus. Ihre Mitschuld an dem nun folgenden hieß: Passivität. Denn der Gehorsame erlaubt erst die Herrschaft, der Ohnmächtige die Macht. Diese Eigenschaften hatten sie ja selber als Kinder gelernt und gaben sie nun weiter.

Nur wenige wußten, was damals geschah, manche erst später, und manche wissen es auch heute noch nicht. So lautete die ›unendliche Geschichte‹ der Menschheit:

Nach dem Verzehr des Apfels vom verbotenen Baum wurde Eva von einem ›Virus‹ infiziert. Dieser übertrug sich von einer Generation zur nächsten, und die Infektion durchseuchte über Jahrtausende hinweg die ganze Menschheitsgeschichte. Der Name dieses unausrottbaren Virus hieß: ›Verwöhnung.‹ Die so heimgesuchten männlichen Geborenen ließen sich zunächst gerne davon infizieren. Manch einer aber merkte früher oder später, mancher auch nie, daß es sich um ein ›Trojanisches Pferd‹ handelte. Obwohl es als Geschenk angesehen wurde, trug es den Keim der Vernichtung in sich. Die männlich Geborenen und späteren ›Herren der Schöpfung‹ nahmen es gerne hin, daß ihnen jedes selbständige Denken und Handeln, ja sogar Fühlen abgenommen wurde. Zu spät erkannten sie, welchen Preis sie dafür zu zahlen hatten: ein mehr oder weniger erfolgreich verdrängtes Gefühl beschämender eigener Unzulänglichkeit, nämlich ohne ständige Aufsicht und Betreuung durch die mütterliche Fürsorge, das heißt, auf sich alleine gestellt, nicht existenzfähig zu sein. Dieses Angst- und Ohnmachtsgefühl zerriß endgültig den Schleier, dahinter stand die Wahrheit: die eigene Abhängigkeit. Beim Anblick dieser Kehrseite ihres Lebens wandten sich die meisten ab, als ob sie das schreckliche Antlitz der Medusa gesehen hätten. Sie honorierten weiterhin die mütterlichen Dienstleistungen mit willfährigem Gehorsam oder versuchten, mit Rebellion die Ketten zu sprengen. Die so hilflos-schwach Unterlegenen suchten fortan nach Anerkennung, Geltung und Stärke, damit letztlich nach Überlegenheit. Aus dem Ohnmachtsgefühl entwickelte sich als kompensatorische Gegenkraft das Streben nach Macht, welches notfalls mit Gewalt erzwungen werden mußte, wenn es sein mußte bis zum Krieg.

Andere ›Gipfelstürmer‹ gingen nicht soweit und waren eher entmutigt. Ihr Perfektionsstreben mit überhöhten Zielen und Idealen ließen sie wie Ikarus dem Licht der Sonne entgegenfliegen. In der Glut zu hoher Selbstansprüche und mangelndem Selbstvertrauen verbrannten ihre Flügel, und sie stürzten zurück auf die Erde.

Depression, Drogen, Kriminalität, ja sogar Selbstmord waren die Folgen der chronischen Entmutigung.

So wirkte das schleichende Gift der Verwöhnung. In dieser unbewußten Form war es nicht so offenkundig, doch nicht minder gefährlich wie das gleiche Dominanzstreben autoritär-aggressiver Frauen. Es waren die gleichen Waffen. Natürlich gab es auch Väter dieser Wesensart, es gab ihrer sicherlich zu viele, dennoch bildeten sie eine Minderheit im Vergleich zum weiblichen Geschlecht. Auch saßen sie nicht so oft an den Schaltstellen erzieherischer Macht.

In ähnlicher Form setzte sich später die ›weibliche Umklammerung‹ fort. Aus den Knaben waren jetzt Männer geworden, die sich in der allzu einengenden Beziehung zu wehren suchten. Man sprach vom ›Krieg der Geschlechter‹. Die meisten Männer waren so lebenslang in einem chronischen Spannungszustand, der meist auf schädliche Weise seine Lösung suchte. Die Friedensbereitschaft ging dabei verloren.«

Der Lord hat recht, dachte John. Es fielen ihm einige Tyrannen des vorigen Jahrhunderts ein, deren traumatische Kindheit biographisch gesichert war, Hitler, Stalin und viele andere mehr. Die ganze Menschheitsgeschichte war voll davon.

Müßten wir nicht dieses so früh entstandene Ohnmachtsgefühl ein Leben lang überwinden wollen, hätten wir nicht die kompensatorische Gegenkraft entwickelt, das Streben nach Macht, dann hätte es keine Gewalt oder gar Kriege gegeben. Hier liegt also die schwelende Glut der Frust- und Aggressionsbereitschaft, die nur darauf wartet, zum offenen Feuer des Krieges zu werden.

»Wir aber haben daraus gelernt«, sprach der Lord weiter. »Wir leben friedlich in Gruppen, denn das geheimnisvolle Mineral wird pulverisiert und dem Trinkwasser beigegeben. Es schwächt negative Neurotransmitter, biochemische Übertragungsstoffe des Diencephalons und limbischen Systems, welche für destruktive Gedanken und Gefühle zuständig sind. Ihr schädlicher Einfluß in der Erziehung mit all seinen negativen Folgen wird so gedämpft. Zu aggressiven Ausschreitungen kommt es später kaum. So können wir die Kraft des Friedens für Weiterentwicklung zum Wohle aller nutzen.

Die Kinder werden von männlichen und weiblichen Bezugspersonen gleichermaßen betreut und erzogen. Innere Freiheit, Entfaltung und Selbstbewußtsein, in offener Beziehung zu allen, so heißt unser gemeinsames Ziel. Nicht so bei eurer Art der Bindung zu wenigen Bezugspersonen, sie ist besitzergreifend einengend und daher aggressionsfördernd. Eigene Ohnmachtsgefühle werden unreflektiert auf den Nachwuchs übertragen, von Generation zu Generation. Auf allen Ebenen herrscht so ein ständiges Ungleichgewicht zwischen Macht und Ohnmacht in allen Variationen. Bei einigen besonders animalischen Individuen reicht selbst die Wirkung des Friedensbringers nicht aus. Die Überdosis schädlicher erzieherischer Nähe wird dann durch vielfältige Beziehung zu anderen Mitgliedern der Gemeinschaft gedämpft und neutralisiert. Dieses System ermöglicht Friedensbereitschaft und Weiterentwicklung.

So haben wir vor tausend Jahren die Konsequenzen aus den bitteren und blutigen Lehren gezogen und die Welt des Friedens geschaffen. Die Vögel und Panther hatten ihre eigenen Vorstellungen, sie hielten an der Tradition fest. Sie sind eine aussterbende Rasse, die den Keim der Vernichtung in sich trägt. Sie müssen in Reservaten bleiben, da ihr stets zum Aufflammen bereiter Aggressionstrieb aus den hier geschilderten Gründen unsere friedliche Welt bedrohen würde.

Diese Spezies hatten früher auch die gleiche morphologische Gestalt wie wir. Im Laufe der Zeit haben sie sich dem Klima und den Nahrungsbedingungen angepaßt. Sie sind zu der Gestalt geworden, wie du sie jetzt vorfindest.

Rädelsführer und sonstige Kriminelle, die versuchten, unsere friedliche Regierung zu stürzen, haben wir einer elektrochirurgischen Behandlung unterzogen. Ihr Aggressionszentrum wurde verkocht, wie bei den Vögeln, oder auf unbefristete Zeit vereist, wie bei den Panthern.

Du hast bei den Vögeln sicher bemerkt, daß sie zufrieden und gutwillig sind. Sie versorgen uns mit Fischen, Gemüse und Kristallen. Sie leben als einfach strukturierte Wesen auf niederer animalischer Ebene, Aufruhr ist von ihnen nicht zu erwarten.

Anders die Panther. Bei ihnen wurde aus experimentellen Gründen das Aggressionszentrum lediglich gedämpft, da das Animalische immer noch zu stark ausgeprägt ist. Das zeigt sich in den ständigen Rudelkämpfen während der Brunftzeit. Der Stärkere siegt, nimmt sich alle Weibchen, die ihm gefallen. Jeder Aufruhr wird bestraft. Am besten können sie sich bei der Jagd auf wilde Tiere abreagieren. So werden wir mit Fleisch versorgt, zum Ausgleich für ihre Dienste bekommen Vögel und Panther Arzneien und Wasser in den Dürreperioden.«

Ator zeigte jetzt, wie die Mineralien zu Kristall geschliffen und riesige Sonnenkollektoren damit bestückt wurden.

»Wir nutzen die Kraft der Sonne und speisen unser Energiesystem. Auch brauchen es die Priester für ihre ›übersinnlichen Methoden‹. Diese Tür ist dir aber vorerst noch versperrt.«

Nur kurze Zeit später sollte sich ihm auch diese Tür aufgrund eigener Verdienste öffnen.

Frank hatte mit zwei anderen kampferprobten Panthern zu nächtlicher Stunde einen Schleichweg in die Stadt gefunden. Der Commander hatte schon den ganzen Tag an Frank denken müssen, sah ihn mit erhobener Tatze bedrohlich vor dem schlafenden Lord stehen. Er lief sofort, seiner Eingebung folgend, zum Ort des vermuteten Verbrechens. Mit aller Kraft warf er sich auf Frank und verhütete im letzten Augenblick die schändliche Tat. Der Lord wurde wach, die Soldaten eilten herbei und überwältigten die Missetäter.

Am nächsten Tag sollte die Hinrichtung mittels Laser erfolgen. Der Commander konnte nicht anders. Er mußte den Lord um das Leben seines ehemaligen Freundes bitten.

»Ich habe dein Leben gerettet«, sagte er zu Ator. »Schenke mir dafür das Leben von Frank.«

»So soll es geschehen«, stimmte Ator zu. »Allerdings muß sein Aggressionszentrum für zwei Jahre vereist werden, solange bleibt er friedlich. Du bist mir dafür verantwortlich, daß die Prozedur nach Ablauf der Frist wiederholt wird.«

So geschah es, und die Panther kehrten wie zahme Kätzchen in ihre Reservate zurück.

Als Anerkennung für seine Verdienste wurde Commander John Psi endgültig in das Geheimnis der Hohepriester eingeführt. Mit einem Dutzend anderer Schüler saß er in einem hermetisch abgeriegelten Raum, der überdies noch am Eingang sichtbare Laserschranken hatte, um jeden unbefugten Zutritt zu unterbinden. Die telepathischen und psychokinetischen Fähigkeiten, die er schon auf Erden praktiziert hatte, waren im Vergleich zum hiesigen Leistungsstandard äußerst gering. Die täglichen Übungen begannen mit dem blitzschnellen Versetzen in den Alphazustand. Er lernte wie üblich sehr schnell, konnte erst kleinere, dann immer größere Gegenstände mit mentaler Kraft bewegen. Bald waren die Grenzen seiner menschlichen Leistungsfähigkeit erreicht. Nun sollte er die höheren Weihen erhalten und in die nächste Entwicklungsstufe eintreten. Er sollte wie die Hohepriester und fortgeschrittenen Schüler ein rubinrotes Implantat in der Stirn erhalten. John kannte diesen Punkt, der genau in der Mitte zwischen den Augenbrauen gelegen war. Seit alters her hieß er bei den Chinesen »Yin Trang«, Punkt der Wunder, und bildete die Spitze eines magischen Dreiecks. Andere »Weise« sprachen vom »Dritten Auge«. In einer feierlichen Zeremonie und einem lasergesteuerten hirnchirurgischen Eingriff geschah es dann auch. Das Energiezentrum des Rubins wurde in radiärer Strahlung mit allen wichtigen Hirnzentren verbunden und konnte durch einfache Berührung mit dem Zeigefinger aktiviert werden.

So konnte er mit den vom Rubin ausgehenden pulsierenden roten Energiewellen jeden Angreifer im Bewegungsablauf erstarren lassen, ja ihn sogar dazu bringen, die zum Schlag erhobene Faust gegen sich selbst zu richten. Auch konnte sich der Geist des Commanders mit Hilfe des Rubins von seinem materiellen Körper lösen und in einem x-beliebigen Punkt außerhalb seiner selbst projizieren, dies sichtbar oder unsichtbar. Dort optisch oder akustisch alles wahrnehmen, auch ohne Wissen der Umgebung. Im höchsten Schwierigkeitsgrad konnte er seine Projektion in einen anderen Körper hineinschlüpfen lassen und so quasi authentisch erleben, was in einem anderen vorging. Allerdings fühlte er dann auch die körperlichen Krankheiten am eigenen Leibe, am schlimmsten waren jedoch die Krankheiten der Seele und des Geistes, deren destruktive Potenz für ihn zu einem kräftezehrenden, ja lebensbedrohlichen Zustand wurde, dem er sich nur begrenzte Zeit aussetzen konnte.

Als Übungsobjekte für das regelmäßige Kampftraining dienten vier seit Generationen gefangengehaltene Panther mit rotgelbem Fell, ehemalige Rudelführer, die keiner Elektrokoagulation unterzogen worden waren, um ihren ungebremsten

Aggressionstrieb zu erhalten und für das Training nutzbar zu machen.

Eines Tages mußte ein irdisches Raumschiff notlanden. Die Astronauten wurden sogleich gefangengenommen. Die darauf folgende Prozedur in der Arena kannte der Commander ja schon. Groß war das Erstaunen der drei Besatzungsmitglieder, als John Psi in ihrer irdischen Muttersprache das Wort ergriff. Er erklärte ihnen, wie es zu dieser äußeren Verwandlung gekommen war, fragte auch nach den bekannten Personen seines früheren Lebens. Man konnte ihm jedoch nichts dazu sagen. Wollte es vielleicht auch nicht und betrachtete ihn mit einem gewissen Mißtrauen.

Die intensive weitere Befragung unter Hypnose ergab, daß Krieg und Ausbeutung der Auftrag der Raumfahrer war. Die Erde war eine einzige Kriegslandschaft mit völlig erschöpften Energievorräten. Die einzige Möglichkeit schien, einen anderen Planeten zu überlisten und zu unterwerfen.

Ator sprach: »So bist du nun an den Punkt gekommen, den die Priester uns schon lange vor deiner Ankunft vorausgesagt hatten. Ich habe dir damals schon gesagt, ich habe Großes mit dir vor. Du hast dich hier auch bewährt, uns sogar mehrfach vor den Panthern gerettet und die höchste Stufe erreicht. Jetzt erfülle deine Mission als Abgesandter unseres Planeten. Nimm das Raumschiff, auch deinen Copiloten, kehre in deine Heimat zurück und gebe den Menschen eine letzte Warnung, bevor wir sie noch selbst vernichten müssen, weil sie das ganze Weltall durch ihre Unvernunft in Mitleidenschaft ziehen. Warum wohl?« fragte er den erstaunt und gleichzeitig erschreckt dreinblickenden John. »Weil die Erdlinge durch aggressive Gier und Unvernunft ihren eigenen Mutterplaneten ausgehöhlt und ihre Energiereserven verbraucht haben. Daher müssen sie neues

Land suchen und andere Planeten erobern, das heißt in irdischer Sprache, versklaven und für sich nutzbar machen. Die selbstverschuldeten Naturkatastrophen mit nachfolgendem Untergang in Form von Explosion sind unausweichlich. Der fehlende Himmelskörper würde das innerplanetische Gleichgewicht außer Kraft setzen. Kollision mit anderen wie auch unserem Planeten wäre die Folge. Aus diesem Grunde müßten wir dem zuvorkommen und alles Leben auf der Erde vernichten, damit der Planet nicht explodiert und weiterhin ein stabilisierender Faktor im elektromagnetischen Kraftfeld des intergalaktischen Raumes bleibt.

Nimm diesen Kasten, er enthält die Mineralien, die uns von Panthern und Vögeln geliefert wurden. Es ist ein riesiger Energiespender, das genaue Rezept zur Herstellung gebe ich dir auch. Dabei können viele Arbeitslose Beschäftigung finden, der Energiemangel wird behoben, die Natur kann sich erholen und wieder Nahrungsmittel wachsen lassen.

Jedwede Not als Ursache für aggressives Verhalten wird also wegfallen, du hast auch Psi-Fähigkeiten, um zu überzeugen. Falls alles nichts nutzt, nimm die zweite Rezeptur, verwandele Mineral in Pulver, gib es in das Trinkwasser, und alle werden friedlich.«

4. Kapitel

Die Rückkehr

Die Stunde des Abschieds war da. Lea und ihr zehnjähriger Sohn ließen ihn gehen, wußten sie doch, daß er seiner Bestimmung und allerhöchstem Befehl folgen mußte. Alle Abgesandten der Vogel- und Panthermenschen hatten sich auf dem großen Platz versammelt, in gebührendem Abstand saßen die Lords und beobachteten das Ganze von ihrer Stadtkuppel aus. Wie bei einer Militärparade flogen die Vögel zunächst Formationsflug, umkreisten dann das Raumschiff. Nach dieser Pflichtübung lösten sie die Formation auf, gingen zur Kür über. Dabei zeigten sie John zu Ehren nochmals ihre fliegerischen Fähigkeiten als Luftakrobaten bei Sturzflug und Looping. Das Flattern ihrer Schwingen erfüllte die Luft wie das Rauschen von Blättern. Danach hockten sie sich in sicherem Abstand zu den Panthern in das Geäst der höchsten Baumkronen.

Die Panther hingegen liefen unruhig und drangvoll getrieben umher. Sie sahen sich ihres Rudelführers beraubt und daher verunsichert. Die Weibchen zeigten das durch kläglich und sehnsuchtsvoll miauende Laute, die Panthermänner durch heftiges Fauchen und Knurren und gemeinsames Balgen. Noch ein letztes Winken zum Abschied, dann war es endlich soweit, das Raumschiff startete Richtung Heimat.

Während der Fahrt mußten sich die beiden Piloten unwillkürlich immer wieder anschauen, sie sahen eine bizarre Vogel- und Panthergestalt, erinnerten sich daran, wer sie früher einmal waren und wie sie ausgesehen hatten.

Die nächsten Monate waren mit Navigation ausgefüllt, in den letzten Jahrzehnten hatte sich viel geändert, die Grundlagen der Technik waren ihnen aber noch bekannt, so daß sie die Umstellung auf das Neue schnell bewältigen konnten.

Copilot Panther alias Frank Kabra war friedlich. Fast devot-unterwürfig führte er alle Order aus. Er wirkte dennoch im Vergleich zu früher wesensfremd, sein Aggressionszentrum war ja vereist. Ein echt tiefergehender gefühlsmäßiger Rapport war nicht möglich. Er war ein funktionierendes Rädchen in der Maschinerie der Planetarier geworden, die ihren Frieden anscheinend nur auf diesem Wege erhalten konnten.

Beim Eintauchen in die Stratosphäre avisierte der Commander seine Ankunft: »John Psi und Frank Kabra melden sich nach fünfzig Jahren von ihrem Raumflug zurück, aufgrund der besonderen Umstände auf Terra 2 in Gestalt eines Vogel- wie auch Panthermenschen.«

Es war schon ein seltsames Gefühl, den Blauen Planeten nach all den Jahren doch noch wiederzusehen. Was war mit Susan und den anderen? Bald würde er es wissen.

Bei der Landung war Prominenz aus Forschung, Politik und Wirtschaft versammelt sowie Funk und Fernsehen. Ein ungläubiges Raunen ging durch die Menge, als die beiden »Außerirdischen« durch die Luke des Raumschiffes traten. Als sie näherkamen, wich die Menschenmenge zunächst erschrocken zurück. Schließlich stand John Psi vor den Menschen, die ihm früher soviel bedeutet hatten. Susan erkannte er sofort, sie klammerte sich an George.

Auch im Alter war ihre Schönheit unübersehbar. Sie schaute ihn nur mit ungläubigen, doch vor Freude strahlenden Augen an und sagte kein Wort. Mein Gott! dachte sie. Es ist kaum zu glauben, aber er ist kaum gealtert!

So war es, auf seiner Reise nach Terra 2 hatte John die Koordinaten des Raum-Zeit-Kontinuums durchstoßen, die Lebensbedingungen des neuen Planeten taten ein übriges. Aufgrund seiner Mutationsfähigkeiten konnte er sie nutzen. Die zellulären Altersprozesse verliefen im Zeitlupentempo, so war er nicht um fünfzig, sondern nur um zehn Jahre gealtert. Das Lebensalter auf dem Planeten war entsprechend hoch. Er aber war beim Anblick von Susan wie vom Blitz der Erkenntnis getroffen. Er wußte, daß sie sich nicht nur äußerlich, sondern auch innerlich verändert hatten, als sie durch geistige Welten voneinander getrennt waren. Sein Blick fiel auf George, der wie ein verbrauchter Greis wirkte, und dies auch nicht nur äußerlich, wie sich später noch zeigen sollte.

Die First Lady sah aus wie ein steinernes Monument, ein Fossil aus prähistorischer Zeit, so kam es ihm jedenfalls vor, nachdem er die geistige Welt von Terra 2 kennengelernt hatte.

Sie war jetzt Präsidentin, wie er an den Rangabzeichen ihrer Schulterklappen sehen konnte. Daneben ein jüngerer Mann, der ihm wie aus dem Gesicht geschnitten war, wollte man seine eigene Vogelnase außer Betracht lassen.

Rechts davon eine hochgewachsene athletische Blondine mit zusammengepreßten Lippen und energischem Kinn, die eher George glich, als er noch in der Blüte seiner Jahre stand. Wohl seine Tochter, konstatierte John.

Als er in seiner Muttersprache zu reden begann und sich als Commander Psi und Copilot Frank Kabra nach fünfzigjähriger Raumfahrt zur Erde zurückmeldete, lockerte sich die gespannte Atmosphäre. Die ersten Jubelrufe wurden laut.

Unter strenger Aufsicht einer Militäreskorte fuhren sie in weißer Stretchlimousine zum Regierungspalast. Die Straßen waren voll jubelnder Menschen, es regnete Konfetti. Dort angekommen, gab es gleich die erste Pressekonferenz. Er bekannte sich als Abgesandter der Planetarier und fing an, deren Botschaft zu vermitteln.

»Dort leben wir in Frieden. Mit den Schätzen der Natur wird sorgfältig umgegangen. Die Weiterentwicklung dieser Rasse war möglich, weil kein Energieverschleiß durch sinnlose Kriege erfolgte. Ihr werdet seit Jahrhunderten von oben beobachtet, wie ihr die Erde und euch selbst vernichtet.

Damit dies ein Ende hat, bekommt ihr als Geschenk und Hilfe ein besonderes Mineral, hier in diesem Kästchen. Die Rezeptur habe ich dabei. Es ist ein Energiespender nie gekannter Größe, der die Natur wieder auftankt, so erneut Nahrung wachsen läßt und auch die Rohstoffe für den technischen Bedarf.

Die Fabriken, welche speziell dafür gebaut werden müssen, werden vielen Arbeit geben. Einzige Bedingung: keine Kriege mehr, kein skrupelloses Macht- und Ausbeutungsstreben!«

Als er jedoch von der anderen Gesellschaftsstruktur der Planetarier sprach, von freier Entfaltung der Geschlechter im Gegensatz zu der traditionellen aggressionsfördernden, besitzergreifend einengenden Beziehung, erntete er die ersten Buhrufe der Feministinnen.

Danach fuhren sie zum Präsidentenpalast und bezogen dort Quartier. John konnte sich über die gesamte Situation informieren, wie sie sich in den letzten Jahren entwickelt hatte.

Bei seinem Start waren Susan und auch der Präsident unverletzt geblieben. Sie waren nicht getroffen worden, sondern hatten sich geistesgegenwärtig zu Boden geworfen. Die Angreifer konnten überwältigt werden. Anschließend ging sie zu George, um ihre restlichen Sachen abzuholen. Dieser wußte schon Stunden vorher über seine Informanten von ihrer Ankunft. Als sie bei ihm eintraf, war er schon nicht mehr ansprechbar, auf dem Nachttisch lagen einige Tablettenröhrchen. Der Notarzt schaffte ihn mit heulenden Sirenen in das nächste psychiatrische Krankenhaus, es war die geschlossene Abteilung des St. Johns Hospital. Am nächsten Tag war er wieder ansprechbar, sie führte ein eindringliches Gespräch mit ihm.

»Mach dich frei von der First Lady, auch von mir, wie von jeder Frau, die ihre Aufgabe darin sieht, dich zu bemuttern.

Nimm dein Leben selbst in die Hand, alt genug dazu bist du ja. Frauen mußten bisher stets für dich denken und handeln, so bist du ein verwöhntes Muttersöhnchen geworden. Du bist aber auch nicht unschuldig, provozierst es geradezu, indem du dich klein und hilflos darstellst. Gegen die so erzwungene weibliche Betreuung und Aufsicht protestierst du dann mit allerlei Trotzreaktionen und flüchtest in ein Leben in ungezügelter Freiheit!«

George mußte ihr recht geben, sie unterhielten sich noch eine Weile und trennten sich dann in Freundschaft.

Die First Lady tat das ihrige, um ihn aufzuheitern, versuchte es mit ihren alten Manövern, schickte ihm wie zufällig einige Girls, diese kehrten allerdings unverrichteter Dinge zurück.

George flog nach Paris und suchte auf seine Art im Bohemienviertel Trost und Vergessen. Scheinbar rein zufällig stand er zwei Tage später vor der Künstlerkneipe, in der Minou früher gearbeitet hatte. Vor dem Eingang flanierten einige aufreizend gekleidete Mädchen, ihre eindeutigen Absichten ließen ihn einen Moment stutzig werden. Dann öffnete er mit klopfendem Herz die Tür und prallte mit Minou zusammen, die gerade gehen wollte.

»George«, rief sie mit freudigem Erstaunen und umarmte ihn, als ob es nie eine Trennung gegeben hätte. »Das muß gefeiert werden«, war ihr zweiter Satz und zog ihn in das Lokal hinein. Es hatte sich kaum verändert, abgesehen von den leichtbekleideten Mädchen natürlich, von denen es nur so wimmelte.

Minou war eine reife Schönheit geworden, ihre Augen wirkten müde, hatten aber jenen wissenden Blick von Frauen, die sich mit Männern auskennen. Ihre Mundwinkel waren bisweilen leicht verbittert nach unten gezogen.

»Ja, George, ich bin jetzt die Chefin hier«, verkündete sie mit Stolz und fing an, ihre Geschichte zu erzählen.

»Jean hat mich nach kurzer Zeit wegen einer anderen verlassen. Ich glaubte damals, die große Liebe gefunden zu haben, er ließ sich aber durch nichts aufhalten. Ich mußte am eigenen Leib erfahren, was es heißt, unglücklich verliebt zu sein. Ich wurde damals richtig krank vor Kummer, entschloß mich aber bald, den ›Teufel mit Beelzebub auszutreiben‹, »chercher les hommes«, würde man hier bei uns sagen. Da ich gerade arbeitslos war, bat ich jeden Liebhaber, mir Geld zu leihen, sie wollten nichts davon wissen und schenkten es mir. Weil ich ohnehin schon immer eine Schwäche für Männer hatte, konnte ich das Angenehme mit dem Nützlichen verbinden und habe das für ein Jahr zu meinem Beruf gemacht. Jetzt lasse ich diese Mädchen für mich arbeiten, tue es selbst nur, wenn es mir Spaß macht.«

Auch George erzählte seine Erlebnisse und von seiner Beziehung zu Susan.

Nach der vierten Flasche Champagner, danach folgten weitere, erinnerten sie sich nur noch an die schönen Dinge, die sie zusammen erlebt hatten, konnten gar nicht mehr verstehen, warum es überhaupt zur Trennung gekommen war. Es kam, wie es kommen mußte, sie landeten im Bett. Am nächsten Morgen fand er neben sich ein blondes Mädchen. Ihr einziger Schönheitsfehler war nur ein kleines häßliches kreisrundes Loch in der Stirnmitte, von dem aus eine rote Spur quer über ihre linke Gesichtshälfte lief und eine ebenso rote Blutlache auf dem schneeweißen Bettlaken hinterließ. Er selbst hatte noch genügend Promille, um von allem nichts zu wissen. Nicht so die Polizei, sie war durch einen anonymen Anruf informiert, brach die Tür auf und legte ihm Handschellen an, noch bevor er sich die Hosen anziehen konnte.

So machte er Bekanntschaft mit dem französischen Gefängnis. Alles sprach gegen ihn, kannte man doch die ganze Vorgeschichte. Nach der Urteilsverkündung brach er zusammen. Die Todesstrafe schien unvermeidbar, bis zu jenem Abend, an dem Oberst Igor der First Lady berichtete: »In meinem Auftrag hat ein Mafioso den Mord begangen, er ist bereit zu gestehen und sich hinrichten zu lassen.«

Aufgrund seiner tödlichen Krankheit müßte er ohnehin in einem Monat sterben, seine Familie sei arm und in Geldnot. Im Falle eines Geständnisses bekäme sie fünf Millionen Dollar, ihr Sohn aber könnte frei sein. Einzige Bedingung wäre Anteil am Erfolg der Raumexpedition, Nutzung des Energiestoffes FX, außerdem weiterhin Wäsche von Mafiageldern. Die Lady sagte nur noch ein Wort dazu: »Okay!«

Nach der offiziellen Todeserklärung der Astronauten seitens der NASA hatte sich Susan ihrem Wesen entsprechend wieder George zugewandt. Dieser war völlig gebrochen durch die Zeit, die er in der Todeszelle verbracht hatte. Natürlich hatte die First Lady es geschafft, ihn frei zu bekommen. Der Mafioso hatte sich zur Tat bekannt, wurde inhaftiert und gleich am nächsten Tag von seinen eigenen Leuten für immer zum Schweigen gebracht, so daß die Hintergründe nie geklärt wurden.

Für die First Lady schien alles in Ordnung zu sein, auch für Susan, die nicht anders konnte, als George zur Seite zu stehen. Dieser wußte um den Deal, der zu seiner Befreiung geführt hatte, wußte auch, daß ein Menschenleben dafür geopfert werden mußte. Er quälte sich unablässig mit Gewissensbissen, brauchte ständig Beschwichtigung und Ermutigung. Ohne Susan fühlte er sich wie ein halber Mensch, kaum auf sich alleine gestellt, nicht existenzfähig. Die Jahre vergingen, das Raumschiff blieb verschollen. Susan hatte trotz allem immer noch gehofft, mußte sich aber jetzt mit dem Gedanken abfinden, daß John nicht mehr zurückkommen würde.

Nachdem der alte Präsident einem Terroristenanschlag erlegen war, war auch Georges Stunde gekommen. Zuvor hatte er Susan geheiratet und den fünfjährigen Sohn des Commanders aufgenommen. George wurde Präsident. Im folgenden Jahr gebar Susan ihm eine Tochter.

Doch nur unter ständiger Anleitung der First Lady und Susan konnte George sein Amt bewältigen. Er kränkelte zunehmend. Auch lag die Regierung schon längst in den Händen der beiden Frauen, das verbitterte ihn noch mehr. Seine einzige Freude sah er in seiner Tochter. Er liebte sie abgöttisch und erfüllte ihr jeden Wunsch. Als er schließlich an epileptischen Absenzen litt, mußte die First Lady sein Amt übernehmen. Hin und wieder wurde er als Vorzeigeobjekt gebraucht, widmete sich ansonsten seinen ornithologischen Studien. Ähnlich erging es dem Sohn des Commanders. Als Sohn des einstigen Rivalen um die Gunst Susans war er nie richtig akzeptiert worden, es war klar, daß er keinerlei Nachfolge antreten sollte. Er merkte sehr wohl die ständige Zurücksetzung gegenüber seiner Schwester. Diese strotzte vor Selbstbewußtsein, wurde darin mit allen Mitteln um jeden Preis bestärkt. Sie war die Nummer eins in der High-Society. Der fassadenhafte Charme, den sie stets auf Abruf bereithatte, durfte nicht darüber hinwegtäuschen, daß sie letztlich willensstark, zielstrebig und durchsetzungsfähig war. Sie galt als designierte Nachfolgerin der First Lady. Des Commanders Sohn war ein stiller ruhiger Gelehrtentyp geworden, er hatte einen Lehrstuhl für Archäologie an der University California. Sein Glück suchte er in langen Expeditionen, auf der Suche nach versunkenen Kulturen. Oft war er kränklich, die ständige Bevorzugung seiner Schwester hatte ihn mit einem Gefühl der Unzulänglichkeit und Schwäche geschlagen, daraus entwickelte sich brennender Ehrgeiz, durch archäologische Entdeckungen Weltruhm und Ansehen zu erlangen.

Der Commander befragte Susan zu dem offensichtlichen Kontrast beider Kinder. »Carol strotzt vor Kraft und Selbstbewußtsein, ergreift mit lauter Stimme das Wort. Sie steht im Mittelpunkt. Mein Sohn Lucas hingegen ist still, in sich gekehrt, läuft mit gebeugtem Rücken wie unter einer unsichtbaren Last durchs Leben, schüchtern, wortkarg, läßt jeden männlichen Eindruck vermissen. Wenn er auch ein namhafter Gelehrter ist, so ist er auch ein Eigenbrötler und dem Leben abgewandt. Wie konnte es dazu kommen?« fragte er mit nicht überhörbarem Vorwurf.

Susan saß abweisend und kerzengerade in ihrem Stuhl, ihr schneeweißes Haar, wie immer sorgfältig frisiert, das asketische Gesicht von Altersfalten durchzogen. Sie versuchte, sich zu verteidigen. »Du kennst doch die First Lady, sie hat alles in die Hand genommen, alles über Jahre hinaus geplant, um ihre Familie an die Macht zu bringen. So war es auch bei ihrem eigenen Mann, der nur durch ihre Hilfe Präsident geworden ist.

So war es auch bei ihrem Sohn George, und nachdem sie jetzt selbst Präsidentin geworden ist, sieht sie in Carol, ihrer leiblichen Enkelin, die einzige mögliche Nachfolgerin. So hat sie das ganze Familienleben bewußt und zielstrebig zum Aufbau von Carol eingestellt. Mir war es nicht möglich, ihr Widerstand zu leisten.«

»So einfach ist das also!« konterte heftig der Commander. »Deine Schäfchen als Präsidentenfrau hast du ja auch ins Trockene gebracht, danach deine Karriere als Journalistin und Künstlerin. Man nennt dich die Medienzarin und Förderin der schönen Künste. Du warst wohl so stark damit beschäftigt, daß du dich nicht um Lucas, deinen Sohn, kümmern konntest. Als mein Raumschiff verschollen war, hast du wohl nicht nur mich abgeschrieben, sondern auch unseren Sohn, der sich an die verlorene Zukunft mit mir erinnert hat!«

Mit hochrotem Gesicht stand Susan auf. »Wir haben uns nichts mehr zu sagen«, schrie sie und verließ das Zimmer.

Nach zwei Tagen eisigen Schweigens bat sie kühl und beherrscht um eine Aussprache. »Du weißt nicht, welcher Übermacht ich all die Jahre ausgesetzt war. Die First Lady saß in ihrer Burg und spann von dort aus zielstrebig wie eine Spinne ihre Fäden, um das Ziel der Machtübernahme durch Frauen zu erreichen. Sie gründete zunächst Frauenclubs, angeblich nur zur Förderung der schönen Künste und Verfolgung caritativer Ziele. In Wahrheit erfolgte dort eine subtile Demontage des männlichen Prinzips. Sie selbst hat ja die Erfahrung gemacht, daß Männer schwach sind, ständig angeleitet werden müssen, bis endlich hohe Positionen in Politik, Wirtschaft und Forschung erreicht sind. Schließlich waren alle Potentaten nach außen zwar Alleinherrscher, im Grunde aber nur Marionetten, die von ihren Frauen manipuliert werden konnten, nachdem sie zuvor gefühlsmäßig abhängig gemacht wurden.

Erst war die Frau nur die Vertraute des Mannes, mit der er seine Probleme besprechen konnte, bis sein Denken derart infiltriert war, daß er von ihr abhängig wurde und sie wesentliche Entscheidungen seinerseits mit bestimmen und letztlich dominieren konnten.

Sie gründete dann zahlreiche Frauengeheimbünde zu diesem Zweck, hielt sogar Vorlesungen, daß die wichtigsten Männer dieser Welt mit aller Kraft zu unterstützen seien, da sie selbst nicht den Weitblick hätten, alles vernünftig zu regeln. Dabei sei zum Wohle der Menschheit die Macht zunehmend durch Frauen anzustreben. Die Kriege seien immer nur von Männern geführt worden, daher sei es an der Zeit für eine Wende zum Matriarchat. Die Liebesbeziehung zum Manne dürfe nicht darunter leiden. Schließlich sei der Machtwechsel im Interesse des Mannes, der dann, von seinen stressigen Pflichten entbunden, sich wieder der Ehe und Familie zuwenden könne. Alle Schaltstellen der Macht müßten unmerklich, aber kontinuierlich von Frauen besetzt werden. So geschah es auch. Größere Widerstände vonseiten der Männer gab es angeblich nicht. Sie fühlten sich zunächst vom Streß ihrer Ämter befreit. Einige wenige Uneinsichtige erlitten freilich unerklärliche Unfälle mit Todesfolge. Es folgte ein Rollentausch, die Männer konnten wieder mehr ihrer gefühlsmäßigen Seite nachgehen, die Frauen versuchten sich auf dem Wege des rationalen Denkens. Dadurch wurde das Chaos auf Erden noch schlimmer. Zunächst wurde auf caritativem Sektor viel getan, Einrichtungen in kürzester Zeit aus dem Boden gestampft, die Kunst gefördert. So weit, so gut. Gefühlsmäßige Entscheidungen gewannen jedoch langsam die Oberhand, so wurde für Milliarden ein Kinderkrankenhaus gebaut, alles verfügbare Geld ausgegeben, weil die zuständige Ministerin zu Tränen beim Anblick kranker New Yorker Kinder gerührt war, für andere Kinder im Landesinneren war jedoch kein Penny mehr übrig.

Mit der Hilfe bei Naturkatastrophen und Hungersnöten war es genauso. Der jeweiligen Gefühlsaufwallung beim Anblick von Not wurde sofort nachgegeben, weil der seelische Druck nicht lange ausgehalten werden konnte. Sorgfältiges und verstandesmäßiges Abwägen von Prioritäten erfordern Disziplin und Härte. Auch waren die Erwartungen des Volkes an die weibliche Herrschaft sehr hoch, gefühlsmäßige Bedürfnisse sollten ja nun eher befriedigt werden als in der kühl abwägenden rationalen Männerwelt. Unpopuläre Entscheidungen haben nun mal den Anschein skrupelloser Gefühlskälte des jeweiligen Entscheidungsträgers, auch wenn sich herausstellt, daß die Entscheidung richtig war, allen Notleidenden eine Überlebenschance zu geben und das Füllhorn der Wohltätigkeit nicht nur über einige wenige zu schütten.

Die Staatsfinanzen waren zerrüttet. Die Arbeitslosigkeit nahm zu. Die Kriminalität stieg, und die Frauen standen jetzt auch selbst im Kreuzfeuer der Kritik. Militär und Polizei waren die einzigen Garanten des Friedens. Diese Schlüsselpositionen waren immer noch von Männern besetzt, die unter dem Einfluß ihrer Frauen standen. Diese Männer waren sorgfältig ausgesucht, den weiblichen Waffen ihrer Frauen unterlegen und gefühlsmäßig fest in ihrer Hand.

Angesichts der allgemeinen Krise mußte auch um jeden Preis für Ruhe und Ordnung gesorgt werden, auf welchem Weg auch immer. Die Frauen konnten sich auf die männlichen Befehlshaber verlassen.

Auf dem diplomatischen Parkett hatten die Frauen noch mehr Druck. Während es in der Heimat hinter ihrem Rücken an allen Ecken und Enden gärte, die Unzufriedenheit immer größer wurde, konnten sie selbst ihren Streß nur mühsam in konventionelle Freundlichkeit zwingen. Ihre Animositäten und überhaupt gefühlsmäßigen Präferenzen erlangten zunehmend eine gefährliche Dominanz. Ihre Nerven waren zum Zerreißen gespannt. Schnell waren unbedachte Worte gesagt, so nahm mancher Krieg aus persönlichen Gründen seinen Anfang. Das Volk wurde natürlich mit Hilfe ständiger Manipulationen seitens der Medien über den wahren Zustand hinweggetäuscht. Die Frauen-Elite gab nach wie vor pompöse Feste und befriedigte das Bedürfnis nach Idolen durch repräsentative Auftritte.«

Der Commander war tief betroffen über diese Informationen, schaute in das verhärmte Gesicht von Susan und verstand jetzt, warum sie nach und nach vor dieser Übermacht kapituliert hatte.

Die nächste Zeit reiste er durch die Welt und hielt überall Friedenskonferenzen ab. Der Panther war sein ständiger Begleiter, war allerdings seltsam wortkarg und in Gedanken versunken. Der Commander brauchte seine ganze Kraft und Psi-Fähigkeiten für seine Rettungsaktion der Erde. So konnte er sich nicht mit dem Panther beschäftigen, dachte wohl auch, daß die Vereisungstherapie von Terra 2 noch lange anhalten würde. Bei einer Friedenstagung machte ihn die aggressive Aura des russischen Militärattachés stutzig.

John versetzte sich in den Alphazustand, hörte ihn sagen:
»Gleich läuft das Boot aus, es wird ein Überraschungssieg!«

John sah erst schemenhaft, dann immer klarer das Atom-U-Boot vor seinem geistigen Auge auftauchen. Er sah deutlich den wild entschlossenen Gesichtsausdruck von Kommandant Juri. Dieser war schon als Kind in der Militärschule auf kämpferische Aufgaben programmiert worden. Für sein Land würde er, ohne zu fragen, jedes andere Volk auslöschen. Für ihn gab es nur militärische Lösungen. John schaltete sich in eine höhere Ebene, trat aus seinem Körper heraus, machte die Projektionsreise und landete auf dem Boot. Er stellte sich genau hinter Juri, betrat dessen Körper, ergriff Besitz von seinem Denken und Fühlen. Er zwang ihm seine eigenen Gedanken auf: »Stopp das Boot. Du willst nicht Mörder von Millionen Menschen sein!« Pausenlos wiederholte er es. Juri merkte, daß ihm fremdes Denken und Fühlen aufgezwungen wurden, konnte sich aber nicht widersetzen. Das eigene Ich wurde immer kleiner, das fremde immer größer, bis es ihn ganz ausfüllte. Zu seiner eigenen Verwunderung hörte er sich dann sagen: »Genossen, hört auf mit dem Kriegführen! Wollt ihr zu Mördern von Unschuldigen werden? Ich befehle sofort Kurs Richtung Heimat, dort werden wir die Kriegshetzer zur Rechenschaft ziehen.«

Die First Lady dankte John und wollte dies in ihrem Appartement gebührend feiern. Dieser sah jedoch mit seinem geistigen Auge einen Scharfschützen auf dem Balkon, Gewehr im Anschlag. Er brauchte seine ganze Kraft, um den Killer davon abzuhalten, die First Lady zu erschießen. Er konzentrierte seine ganze Energie in den Blick seiner Augen, die hypnotisch starr auf den hundert Meter entfernten Punkt gerichtet waren. Dort saß der Killer, merkte, wie ihm plötzlich der Schweiß ausbrach, wie etwas Unerträgliches mit ihm geschah, wie energetische Strahlen direkt auf seinen Kopf gerichtet waren, seine Gedankengänge in unzusammenhängende Bruchstücke zerhackt wurden. Aus dem Gedanken, ich werde töten, blieb nur noch das Wörtchen »ich« übrig, wie ein letzter Aufschrei seines noch vorhandenen Bewußtseins. Klares geordnetes Denken war nicht mehr vorhanden, ein Zittern erfaßte seinen ganzen Körper, die Waffe entfiel seiner Hand. Die lebensvernichtende Gedankenstrahlung hatte den Killer nun ganz erfaßt, mit einem lauten Schrei fiel er vom zehnten Stock auf die Straße und klatschte auf ein Autodach. Die First Lady verlieh John einen weiteren Orden.

Er aber brauchte jetzt Ruhe und zog sich mit seinem Sohn in die Berge zurück. In der Stille und Abgeschiedenheit wollte er neue Kräfte sammeln. Dabei vergaß er sein Training nicht, ließ Steine durch die Luft fliegen und bog abgestorbene Bäume mit mentaler Kraft, bis sie mit lautem Krach zu Boden stürzten. Lucas stand plötzlich vor einem ausgewachsenen Bären, wohl zwei Meter hoch. Dieser hob die Tatze, um seine Beute zu reißen. John sah das auf zehn Meter Entfernung, zwang dem Tier seine Gedanken auf: »Weg, weg!«, fühlte es nur noch. Wie ein Gewitter durchkämmten Johns Gedanken sein Hirn, bis es sich schleunigst davonmachte. Hier stand jemand vor ihm, der mächtiger war. Sein Aggressionszentrum war von dem elektromagnetischen Strahlenblick koaguliert. Auf freier Wildbahn konnte es so nicht leben, mußte eingefangen und so völlig zahm einem Zirkus zugeführt werden.

Johns Ansehen wuchs von Tag zu Tag. Die Menschen hatten Arbeit, Fabriken wurden gebaut und der Energiespender der Planetarier systematisch genutzt.

Der Energie- und Nahrungsmangel konnte langsam behoben werden. Künstlicher Regen ließ die Saatfelder wieder aufgehen und reiche Ernte bringen. Vulkanausbrüche, Überschwemmungen und Wirbelstürme wurden von dem Commander vorhergesehen, die bedrohten Gebiete wurden rechtzeitig evakuiert.

Für einen weiteren Eklat sorgte er, als er eine Selbstmörderin auf der Spitze eines Wolkenkratzers sah, einfach hinaufflog und sie in seinen Armen wieder zu Boden brachte. Oft flog er Erkundungsflüge in Katastrophengebiete und konnte in unzugänglichem Gelände so manch einen retten, den er mit Telepathie ausfindig gemacht hatte.

Doch auch seine Schwierigkeiten nahmen zu. Von den Konferenzen wurde er zunehmend erschöpft, es war anstrengend, die wahren Gedanken der angeblich Friedenswilligen zu lesen und feststellen zu müssen, daß sie nichts Gutes im Schilde führten, während sie das Gegenteil behaupteten. Bei dem geplanten U-Boot-Angriff hatte er ja Erfolg gehabt, doch schienen diese Kriegspläne kein Ende nehmen zu wollen, obwohl auf Erden ja die materielle Not beseitigt war. Den herrschenden Frauen und der Mafia wurde er zunehmend ein Dorn im Auge. Man dachte an seine Beseitigung; Macht und Profitgier ließen sich doch am besten in Notzeiten realisieren. Verschiedene Attentate und Kriegsausbrüche konnte er verhindern, indem er mit Psychokinese die zum Abschuß bereiten Waffen immobilisierte. Die militärischen Befehlshaber bezwang er durch Infiltration ihrer Gedanken. Er projizierte seinen Geist außerhalb seiner materiellen Gestalt in einer Imago, die von hinten in den Kopf des Gegners eindrang und mühsam die aggressiven Gedanken durch ständige Wiederholungen pazifistischer Elemente umpolen konnte. Die Friedensmission Johns entwickelte sich immer mehr zu einer Sisyphusarbeit. Trotz Besserung ihrer Lebenssituation war die Aggressionsbereitschaft der Menschen ungebrochen. Johns Kräfte erlahmten allmählich, zumal auch noch irdische Alterungsprozesse von ihm Besitz ergriffen. Zu diesem Zeitpunkt flackerten die Unruhen in Südamerika wieder auf. Kriegerische Horden durchzogen das Land. Sie wollten die Vernichtung der Drogen- und Waffenlager um jeden Preis verhindern. So entschloß sich John, den Faktor FX für den

Frieden einzusetzen, und zwar heimlich und ohne Wissen der Bevölkerung. Nur wenige Eingeweihte wußten, daß FX dem Trinkwasser beigegeben wurde. Die anfängliche Skepsis der First Lady wich freudigem Staunen, als nach kurzer Zeit Ruhe und Friede herrschten. Die Kriminalität war zum Erliegen gekommen. Die Mafia aber verhielt sich nicht untätig angesichts ihres bevorstehenden Bankrotts und nutzte ihre Verbindungen zu den höheren Kreisen der Regierung. Die Wissenschaftsministerin, die von dem gelungenen Friedensexperiment wußte, war eine der »ihren«. Der Mafiaboß Luciano hatte sie als junges Mädchen von der Straße aufgelesen, ihre Talente erkannt und ihr ein Studium ermöglicht. Ihre Karriere war sorgfältig geplant. Hindernisse waren mit Geld oder Gewalt mühelos beseitigt worden. Schließlich war die vorgesehene Position auf dem politischen Schachbrett erreicht. Sie wurde Wissenschaftsministerin. Luciano, dem sie nicht nur verpflichtet, sondern auch hörig war, forderte jetzt den Preis für seine jahrelangen Bemühungen. Sie gestand ihm alles. Die geheimen Labors für den Faktor FX wurden im Handstreich genommen, die Wissenschaftler zum Reden gebracht. Luciano verbrannte das Spaltprodukt der Substanz, welches die Menschen friedlich stimmen sollte, nicht aber den Rest des Minerals, welches je nach Zusammensetzung als Kampf- oder Energiestoff zu verwenden war.

Als Krieg, Kriminalität, Hunger und Not wie apokalyptische Reiter erneut das Land durchzogen und die breite Blutspur des Todes hinter sich ließen, wurde der Verrat der Wissenschaftsministerin aufgedeckt. Die First Lady eilte hilfesuchend zu John, der gerade aus seinem scheintoten Zustand erwachte. Er hatte sich in diesem Zustand reduzierter Vitalfunktion nach Art von Yogis begeben, um seine Kräfte zu schonen, als er wieder von einem nicht nur schmerzhaften, sondern auch energieraubenden Alterungsschuß erfaßt wurde. So wußte er nichts von der bedrohlichen Entwicklung und mußte sich erst informieren lassen.

Mühsam versuchte er, seine alten Fähigkeiten zurückzugewinnen. Gleichzeitig drohte ihm neue Gefahr.

Der Panther schlug sich auf die Seite seiner Gegner. Die Vereisung war gewichen, Aggression und brennender Ehrgeiz kamen mehr und mehr zum Vorschein: Oberst Igor und die Mafia hatten ihm große Summen versprochen, wenn er den Oberbefehl in Rußland übernehmen würde. Auch waren die Erschöpfungszustände des Commanders nicht unbemerkt geblieben. Er hatte zu dieser Zeit keine übersinnlichen Kräfte mehr. Des Panthers Aufgabe sollte dann sein, den Commander zu bezwingen.

Endlich könnte er die alte Rechnung mit dem Commander begleichen. Schon immer hatte er diesen beneidet. Er war immer nur die Nummer zwei geblieben. Auch bei Susan hatte er den kürzeren gezogen. Bei den Planetariern hatte der Commander ihm den Weg zur Spitze verbaut. Die Umsturzpläne standen schon lange fest. Er wußte auch schon, wie er den Commander aus den USA nach Rußland locken konnte. Als der Commander nach einer Konferenz erschöpft zu Bette lag und nur noch seine normalen menschlichen Fähigkeiten hatte, detonierte eine Gasbombe im Präsidentenheim. Alle Bewohner fielen in Schlaf. Ein Trupp Söldner, voran der Panther, stürmten hinein. Susan, Carol und Lucas wurden gefesselt und zum Flughafen gebracht. Noch schlaftrunken landeten sie Stunden später im sibirischen Gefangenenlager für politische Häftlinge.

Das Telefon schreckte John Psi aus dem Schlaf. Der Panther informierte ihn, daß er kommen solle. Die Gefangenen würden dann freigelassen. Er selbst müsse damit einverstanden sein, daß er mit hirnchirurgischem Eingriff seiner besonderen Fähigkeiten beraubt werde. Er könne dann aber als normaler

Mensch das Land verlassen. Mit übermenschlicher Anstrengung nahm John noch einmal seine ganze Kraft zusammen. Er sah Susan, Carol und Lucas plastisch genau vor seinem geistigen Auge im Gefängnis sitzen, umringt von brüllenden Verhörspezialisten des KGB, konnte er sie genau lokalisieren. Sofort bestieg er eine Privatmaschine und flog bis auf hundert Kilometer Entfernung an das Gefängnis heran. Die Radarkontrollen hatte er psychokinetisch abgeschaltet. Er landete in einer Waldschneise und flog den Rest mit kräftigem Flügelschlag weiter. Er kam bis zum ersten Wachturm. Sein zorniger Blick drang dem Soldaten direkt in die Augen, er fiel sofort zu Boden. Hastig eilte er weiter. Sein Blick durchdrang die Mauer. Er sah die jeweilige Position der Gegner, drang ein und streckte sie nieder. Seine Wut verlieh ihm zusätzliche Kräfte, einen Trupp Soldaten versetzte er sofort in einen Starrezustand. Schließlich war er am Ziel, nur mit der Kraft seines Willens sprengte er die Tür. Susan und die anderen umarmten ihn. Er sprach noch mit den Insassen dreier anderer Zellen, politische Häftlinge und zwei Frauen, die der Panther vergewaltigt hatte.

Plötzlich schrillte die Alarmglocke. Der Commander hatte kaum die Häftlinge von ihren Ketten befreien können, da stürmte auch schon der Panther durch die Tür. Hinter ihm noch einige Soldaten. Die anderen konnte der Commander wie bisher zu Boden strecken. Allein der Panther widerstand ihm. Mit einem bestialischen Fauchen sprang er ihn an, in seiner Wut hatte er nichts Menschliches mehr. Beide wälzten sich am Boden. John war unglücklich auf den Kopf gefallen und etwas benommen. Der Panther sah seine Stunde der Vergeltung kommen. Schon holte er aus zum tödlichen Schlag. Da bekam er von hinten selbst die volle Wucht eines Gewehrkolbens zu spüren. Die zwei von ihm geschändeten Frauen hatten sich geistesgegenwärtig bewaffnet. Die von John außer Gefecht gesetzten Soldaten brauchten ihre Waffen ohnehin nicht mehr.

Sie schlugen mit vereinten Kräften und wilden Beschimpfungen auf den Schädel ihres Peinigers, bis dieser nur noch eine blutige breiige Masse war.

Ein gewaltiges Beben erschütterte den Raum. John verstand sofort. Da er mit letzter Kraft auf die Rettungsaktion konzentriert war, hatte er diese akute Gefahr nicht mehr vorhersehen können.

Er riß sofort alle Gefangenen mit sich zum Ausgang, bestieg dort die Maschine und hob ab. Hinter ihm tat sich die Erde auf. Er sah, wie alles versank. Bei seiner Ankunft in New York bot sich das gleiche Schauspiel. Die Erde bebte, die Menschen liefen schreiend durch die Straßen, Wirbelstürme und Überschwemmungen vervollständigten die Katastrophe.

Plötzliche Stille. Sie stiegen aus und versorgten die Verletzten. Ein Tag später war die Ruhe wiederhergestellt.

John hielt seine letzte Ansprache, den letzten Appell an das Volk.

»Trotz Wohlstand vernichtet ihr euch selbst. Das Geschenk der Planetarier habt ihr nicht genutzt. Wer für den Frieden ist, kann mit mir kommen und nach Terra 2 fliegen, dort neu anfangen. Die Erde wird in drei Tagen untergehen.«

Doch die Leute glaubten ihm nicht. Nur eine Handvoll blieb übrig von denen, die zuerst »ja« geschrien hatten.

Für sie war gerade genügend Platz. Den anderen versprach er, mit größeren Raumschiffen zurückzukommen und Überlebende zu retten, falls die Erde noch existieren sollte.

Susan hatte ihre Zweifel überwunden und war der Stimme des Herzens gefolgt. Die letzten fünfzig Jahre hatte sie ihre vermeintliche Pflicht erfüllt, ihr Leben der Staatsräson untergeordnet und ihre eigenen geheimen Bedürfnisse verdrängt. Der größte Teil des Lebens lag nun hinter ihr, die Zukunft erkennbar vorprogrammiert und daher schon Vergangenheit.

Mit John würde sie dort oben auf dem fremden Planeten ein neues Leben geschenkt bekommen. Ob sie die Lichtjahre zu John überwinden würde, wußte sie nicht. Abgesehen davon hatte er ja dort oben Frau und Kind. So wußte sie auch nicht, ob sie ihn mit anderen teilen konnte, sich unter veränderten Bedingungen der neuen Lebensform einer Großfamilie würde angleichen können. All das wußte sie nicht. Sie wußte nur, daß hier das Ende und dort der Anfang eines neuen Lebens auf sie wartete. Welcher Art auch immer es sein mochte, sie wollte es annehmen.

George hatte es schon geahnt. Er wußte, daß sie schon genug für ihn getan hatte und er mehr nicht verlangen durfte. Er ließ sie und die Kinder in Frieden gehen, nicht ohne ihnen vorher zu danken.

Alles war klar zum Start. Die Passagiere an Bord. Wer den Weltuntergang für verfrüht hielt, wurde eines Besseren belehrt. Die trügerische Ruhe wurde plötzlich durch einen lauten Knall beendet. Eine gewaltige Explosion brachte rote Lava hervor, sie überschwemmte die Stadt, der Himmel verfärbte sich glutrot, Schreie erfüllten die Luft. Es bebte die Erde, nur noch das Raumschiff stand auf einigermaßen sicherem Boden, der aber in wenigen Metern Entfernung auch schon zu schwanken anfing. Ein Druck auf den Startknopf, und das Raumschiff schoß in den Himmel. Seine Passagiere standen mit verheulten Gesichtern am Bullauge und sahen, wie alles versank. Bald sahen sie nur noch einen glutroten, funkensprühenden Ball, der immer kleiner wurde und bald nur noch als roter Punkt im schwarz-finsteren Dunkel des Weltalls zu sehen war.

Doch silbern leuchteten Sterne und erhellten mit Hoffnung das Dunkel der Nacht. Der Commander schaltete den Autopiloten ein, der Weg war ihm ja jetzt bekannt. Er faßte die neben ihm sitzenden Kinder und Susan an den Händen und legte wie schützend die Flügel um ihre Schultern. So saßen sie still beisammen, jenseits aller Worte miteinander verbunden und schauten nach oben, in die gemeinsame Zukunft.

Das Abendrot streichelte erneut die schwarzbraunen Locken und kitzelte seine Stirn. Instinktiv griff er dorthin und berührte einen gewissen Punkt. In diesem Moment verschwand das soeben Erlebte aus seinem Gedächtnis – eben noch Realität, jetzt nur ihr Schatten. Seine Gedankenketten lösten sich in einzelne sinnentleerte Bruchstücke auf und sanken unaufhaltsam in die Tiefen seines Unterbewußtseins. Gleichermaßen wachte er auf. Er hörte jetzt lauter die eben nur schwach vernommene Stimme. Es ist Susan, die ihn ruft. Hat er geträumt von vergangener oder zukünftiger Wirklichkeit? Er weiß nichts mehr, was bleibt ist dumpfes Ahnen. Susans Stimme reißt ihn endgültig aus seinen Gedanken und Träumen. Sie ruft ihn zur Verlobungsfeier …